微观之道

博文 著

山东人民出版社·济南

国家一级出版社 全国百佳图书出版单位

图书在版编目（CIP）数据

微观之道 / 博文著 . —— 济南：山东人民出版社，2021.11
ISBN 978-7-209-13525-2

Ⅰ . ①微… Ⅱ . ①博… Ⅲ . ①随笔－作品集－中国－当代
Ⅳ . ①I267.1

中国版本图书馆CIP数据核字(2021)第221619号

微观之道

WEIGUAN ZHI DAO

博 文 著

主管单位	山东出版传媒股份有限公司
出版发行	山东人民出版社
出 版 人	胡长青
社　　址	济南市英雄山路165号
邮　　编	250002
电　　话	总编室（0531）82098914
	市场部（0531）82098027
网　　址	http://www.sd-book.com.cn
印　　装	山东新华印务有限公司
经　　销	新华书店
规　　格	16开（169mm×239mm）
印　　张	17.75
字　　数	260千字
版　　次	2021年11月第1版
印　　次	2021年11月第1次
ISBN	978-7-209-13525-2
定　　价	46.00元

如有印装质量问题，请与出版社总编室联系调换。

大千世界，洋洋大观，叹目不暇接；

世事繁杂，择学随思，感浩如烟海；

轻舟万里，晴空一鹤，划天际虹线；

大道至简，博览约取，成微观之学。

前　言

书中观点，多是来自我的日常思考。

长期以来，我在从业过程中养成了"问题导向"的思维方式，也习惯于超越现实问题去探寻其内在规律。由此，便常常会在思考中形成一些看法，写下一些东西，最后将其整合起来，成为一本书。

我的从业过程，跌宕起伏、少有稳定，不仅跨界经历甚多，也迎接过很多挑战。正是基于这样一个过程，既接触过许多逃避困难的人，也接触过许多努力改变人生的故事。因此，书中之看法多是基于真实感受，也有观点是基于别人的感思而转换角度的认识。我一贯坚持的思考方式，就是基于自己的生活逻辑来评判外在事物，即便这种逻辑难说完全正确，我也秉志坚守、少有迟疑。因为我一直感觉每个人的生活逻辑都有自己的独特性，而基于这种独特性的事物判断，即便不太准确、难成规律，也会创造一种别样色彩，进而对己、对他人都会有一些借鉴意义。

当然，一叶障目是必然，择鲜而味必有片面。况且我的看法经常是一事一论、一识一辨，较少从理论层面进行剖析，这也就难免让人感觉不太哲学、不太系统，可能会给读者形成一种"形而上"的印象。不过我还是想补充一句：在大多数的观点形成过程中，我经常忍受一些来自内心的困惑和沮丧，这或许是聚焦问题不可避免的结果。总归，"己之不明、难以服人"，而想让自己的观点能够透析合理，内心也就难免不去纠结。

但是，出于本意而然、初心使然，书中各种观点的确立，多是源自现实感受的一种提炼，也一概直白表述、不假陈词，这无疑会给人一种比较跳跃的感觉，难以形成前后论述的连贯性。只不过这么做，一者为了自我认识上的方便，二者为了让自己的思想不太拘谨，进而让自己的思考更加活跃，而非取决于根深蒂固的观念。当然，想到哪写到哪之叙述方式，不能成其系统、不能打造模式，也就难免弱化内在的逻辑关系，这也是我用心不到的地方，对此表示歉意。

另外要说明的是，身为企业工作者，基于职业思维的惯性定式，该书对于各种观点的分析，大都归位于这样两个基本前提：一是没有把现象和本质加以区分，因此，在"现象性矛盾"和"本质揭示"之间，没有作出明确区分，因为在很多时候，往往感觉它们本身就是一回事；二是鉴于应对矛盾的心智定位，是一项既复杂又艰巨且是毕生的任务，因而，对于其中的本质论述，多是通过不同维度推断，这也说明透过现象剖析道理，永远没有固定的方式，也不可能通过速成的、简单的解释，便能让人醍醐灌顶。总归，我不属于纯粹理论研究学派，也决不单纯地站在道德高地去高谈阔论。虽然我相信思想引导，但决不相信通过单一的说教，就能解决问题。

人的心智成熟，不仅旅程漫长，而且磨难无数。由此决定了"没有经历，也就没有感知；没有感知，也就难以有所改变"。因而，我既要感谢自己能时时处处不放弃感知，进而对生活持续保留一定的敏感性；也要感谢复杂变化的当今世界给我带来的诸多启示，特别是愈加机变的发展，激发出很多不太适应的矛盾；更要感谢很多人的生活态度对我产生的影响，他们的旅程也是我的旅程，而本书的大部分内容，其实正是我们共同经历和学习的一切。另外，我也要向很多知其名、不知其名的老师和同行致谢，我借鉴了他们的很多观点，也有着与他们的观点进行碰撞与汲取的过程。虽然这个过程不是面对面的交流，但却给我提供了莫大帮助。

总之，在我的认识世界里，一直存留乃至维护着这样一条原则：一种问题，基于不同逻辑思维来分析，应该有着不同的认识结果。这就好比听同一老师讲课的学生，往往有着不同的收获一样。不同的经历、不同的年龄、不同的生活背景，看待同一问题，一定会有不同的认识风格。即便这种认识，从系统性来看，可能不够完整；从规律性来看，可能不够显著；从普及性来看，可能不够精准。但是，这何尝不是我们认识世界的基本常态，又何尝不是我们丰富世界的创造源泉。共性问题，基于个人独特思维去剖析，这是我的风格，我也坚信由此能够挖掘出与众不同的认识成果。

博　文

2021年9月于泉城

目　录

001　前　言

001　第一章　书卷多情似故人

002　第一节　非学无以广才

008　第二节　学然后知不足

014　第三节　世事洞明皆学问

023　第四节　人情练达即文章

029　第五节　文似看山不喜平

037　第六节　相看两不厌

045　第二章　操千曲而后晓声

046　第一节　行胜于言

053　第二节　不积跬步无以至千里

060　第三节　试玉要烧三日满

065　第四节　绝知此事要躬行

073　第五节　善为至宝深深用

081　　第三章　　及观标格过于诗

082　　第一节　吟竹诗含翠

091　　第二节　犹有花枝俏

100　　第三节　要看银山拍天浪

107　　第四节　最是橙黄橘绿时

115　　第四章　　柳暗花明又一村

116　　第一节　今夜偏知春气暖

125　　第二节　我欲穿花寻路

131　　第三节　小荷才露尖尖角

136　　第四节　十年磨一剑

144　　第五节　一览众山小

153　　第五章　　万紫千红总是春

154　　第一节　谁会凭栏意

163　　第二节　聊赠一枝春

173　　第三节　疾风知劲草

180　　第四节　纸上得来终觉浅

190　　第五节　飞起沙鸥一片

199　　第六章　　为有源头活水来

200　　第一节　居高声自远

205　第二节　风正一帆悬

215　第三节　此时无声胜有声

222　第四节　长风破浪会有时

231　**第七章　此心安处是吾乡**

232　第一节　此中有真意

239　第二节　人间有味是清欢

249　第三节　开怀一笑天下事

257　第四节　何妨吟啸且徐行

265　第五节　一枝一叶总关情

第一章

书卷多情似故人

非学无以广才

学然后知不足

世事洞明皆学问

人情练达即文章

文似看山不喜平

相看两不厌

第一节　非学无以广才

　　人非生而知之者，行有余力，则以学文。学海探路贵涉远，无人迹处有奇观。

学以广才，离不开学哲学。可以说，这是一个很重要的学习命题，因为这一命题可以从更高层次来解决"使人成为人，而不是成为某种人"。这说到底是能够让我们具有普遍性，进而安顿自己的心灵；而不是具有特殊性，一味超越社会现实。

学哲学，既要对国学进行系统学习，又要择其要者而读之。比如，从儒家经典《大学》中便能看出，儒家修身养性的基本路径是：物格而后知至，知至而后意诚，意诚而后心正，心正而后身修，身修而后家齐，家齐而后国治，国治而后天下平。而其中之关键则在于——本于仁、立于礼、成于乐的人生境界。

实际上，决定一个人思想深度的底层逻辑，就是要善于概括事物的规律，并能够将其内化为己有，而不是表面上的侃侃而谈。决定思想深度的，一定是"知行合一"这四个字。而对其实现的基本路径，则可以概括为这样几句话：

人需好学，更需学好；好在用心，心才至诚；至诚非愚，而是方正；正而修身，才能齐家；家非小局，仁教为基；善谋礼行，才得纲常；纲常之是，能用治国；国治安好，大志方成；成而不止，泽被天下；天下平顺，天人好合。

在中华传统文化中，蕴含着很多治国理政的哲学。不管是外交哲学、战争哲学，还是经济哲学、社会哲学，都可以在中华优秀传统文化中找到能够让人眼前一亮的东西。所以，我们说文化自信，绝对不是一纸空谈，而是建立在深刻理解中华优秀传统文化基础上的。

综上说，书是学习中华优秀传统文化的重要载体。但读书之关键则在于：书外一个"品"字，书中一个"静"字。只要读得了其中一个字，也就成功了一半。比如，哲学类书籍看多了，我们常常会感觉有些绕。但是，我们要感谢这种"绕"，因为正是缘于此，我们才会——在冷落和寂寞的时候，再看看；在心情郁闷的时候，再看看；在郁郁不得志的时候，再看看；在有了一定经历的时候，再看看。也正是基于诸多此类的"再看看"，我们会突然发现不一样的世界，进而思态通明、浑身舒坦。

再比如，"腹有诗书气自华"是很多人都明白的道理，但也是许多人很难企及的目标。其实，真正实现起来并非那么复杂，只要想办法远离生活的繁华喧嚣，真正沉下心来读点书籍、学点东西，并且能够从旁观者的角度去看看不同的生活，去了解一些风土人情，便会在不知不觉中，让自己的内心沉淀许多东西。这些东西即便看似不明不白，却会让整个人的气质在潜移默化中悄然改变。

不管经史子集还是经典传记，只要多读、精研、钻进去，就会有根深蒂固的收获。特别是随着人生经历不断丰富，我们一定会渐渐地领悟到：多读书，可以帮助自己树立健康积极的人生观。

但在网络媒体极为发达的当下，能够静下心来读读报、看看书的人，少之又少。其实，这是一种无知，更是一种颓废。对于我们每个人来讲，不管多么繁忙，如果每天都能把从国家到省市的纸报浏览一遍，甚至对重要文章逐字逐句地精读一遍，是有着很多长远好处的。若是每天再能挤出一点时间，去看一些史书，那就更好了。总归：以史为鉴，可以知兴替；以人为鉴，可以明得失；以当下为鉴，可以助前行。实际上，懂得选择对思想有正向引导、对行为有深度启发的学习方式，有着改变人生、决定命运的重要意义。只要认识到，便是一种超前；如果能践行，即是一个阶梯。

近期，在认真阅读名家书籍的基础上，用心琢磨了儒释道之思想，在反复推敲中形成了这样几点认识：

佛，讲究的是"无我求觉"，亦可说成是"求觉于无我"；道，讲究的是"真我求生"，亦可理解为"求生于真我"；儒，讲究的是"有我求智"，亦可解释为"求智于有我"。

对比而言，道家有些代表庄子的文章还是要看看的，比如《齐物论》中有这样一句话："天地与我并生，万物与我为一。"这其实是告诉世人，一切事物本质上都是浑然一体的。因此，要用辩证发展的眼光看待事情。而这，也仅仅只是庄子的一种思想特征，他的另外一种思想则隐藏在《逍遥游》中——通过他所描绘的"鹏程万里，扶摇直上"的画卷，可以看出一种超越时空限制的自由追求。这启示我们：在风云变幻的现实世界中，不能总依赖客观条件，应从主观上加强思想人格修养，让自己臻于"无己、无功、无名"而不陷入困境。实际上，庄子的思想可以用"万物一齐，道无终始"来概括。用现在的话来说，这便是：我和你都一样，若说有不一样的地方，那就是我的思想更宽泛先进一些。

如何用传统文化思想来关照现实？就此，让我联想到"干部定期培训"这个命题。因为知识需要更替、思想需要更新、解决处理问题的能力需要不断培养，况且时势在变、要求在变，发展的形态亦在变。所以，人需要定期学习，而培训式教育是很有必要的。

实际上，大凡有人群的地方，总是存在思想落后的一面，干部队伍同样如此。通过培训或许不能一次性解决落后问题，但至少有校正与纠偏的可能，甚至有可能培养出一些有能力、有才华、有思想的干部。这些干部一旦走上重要岗位，便会影响抑或增强干部队伍素质。当然，培训工作属于以点带面工程，唯有对接受培训的那些干部之"点"抓实了、办好了，才会影响教育更多的人，才会以点带面，让更多的干部都明白加强学习、开拓视野的重要性。

另外，作为领导干部，其实可以把定期培训当作"停下来的机会"。尤其对于年轻干部来讲，"知全局，懂本行"至关重要，而要实现这一目标，一定需要一个"停下来的机会"去学习、去思考。因为从行为培养理念来看，人之境界与能力的提升，必须要落实好这样三句话：一是目光向上，二是双手恪勤，三是脚踏实地。

目光向上：解决的是"眼界"问题，就是要时刻留意时局变化、政策要求，既要养成未雨绸缪的眼光，又能具备领会意图的机敏，这显然不能让自己囿于一域、闭门造车。

双手恪勤：体现的是"行为"问题，就是要在目光向上、敏捷看齐的基础上，全力以赴做好手头工作，用实力、能力来表现自己。而这，不与他人比较，显然就发现不了自己的差距。

脚踏实地：聚焦的是"作风"问题，就是要善于深入群众，密切联系群众，在群众中学习经验，依靠群众成长成才。而要实现于此，没有开放的心态、"无我"的情怀，显然无法做到。

总之，成就自己在于"动"，塑造自我在于"静"，而这动静之间的最佳结合点，正是我们最为熟悉的两个字：学习。"学而时习之"，不仅仅只是"不亦乐乎"，更重要的是能"厚德载物"。因为"德"之本意乃是"遵行正道"，这除了行正、目正之外，自然还需要"心正"。而要"心正"，当然离不开学习与修炼，也当然需要绝非一次的"停下来的机会"。

学以广才，还需要我们拓宽智慧之路。常言道："要想富，先修路。"其实，用于交通的道路，不仅仅是我们生活世界的需要，更是思想世界的需要。

人的思想世界，实际上遍布了许多弯弯曲曲的小路，并且我们也不陌生，只是用而不觉而已。它们往往连通了我们的想法与目标，只不过因为其连接过程经常被各种想法所影响，加之我们也很少能够主动拓展、自觉拓宽，所以，目标追求才常常会半途而废。

实际上，路之形成不过有二：要么是踏出来的，要么是修出来的。为此，想拓宽智慧之路，亦是要么去踏，要么去修。当然，这个问题一定不是简单依靠地图、借助工具，画一道直线就可以解决。生活没有地图可循，也少有可以借助的工具。唯有遇山开路、遇水架桥，不畏艰险、不怕阻挠，才能达到预期目标。

第二节　学然后知不足

学习让人更加清晰地认识自己，进而行远自迩、笃行不怠。

高境界的学习，离不开国学经典。《周易》中这样写道："上九：亢龙有悔。"其意思是说，乾卦爻位到了上九，以六爻的爻位而言，已位至极点，再无更高的位置可占，孤高在上，犹如一条乘云驾雾的龙，升到了最高亢、最极端的地方，四顾茫然，既无再上进的位置，又不能下降，所以它反而忧郁悔闷了。其实，这一爻，在物理而言，便将有物极必反的作用；在人事而言，便将有乐极生悲的征兆。

现实生活中，为什么很多成功人士都精通国学经典？就是因为国学经典蕴含着许多为人做事等诸多方面的高深见解。而这些见解之高深，在达不到一定年龄、没有一定阅历的情况下是很难理解的。唯有基于反复学习、认真践行，才能发挥出它们的指导作用。

实际上，我们老祖宗留下的这些经典之所以千古流传，就是因为它们揭示的是自然界最普遍的规律，也真可谓是"含盖万有，纲纪群伦，广大精微，包罗万象"。即便它们不便通解、很难理解，也仍然是我们中华文明的源头活水。

学习，要了解能力素质的关键要素。审辨能力，利害选择，政策水平，工作能力，才是构成能力素质的关键要素。具体而言：

审辨能力，决定人的认识格局。比如，我们虽然常常都看同一个问题、都做同一件事情，但是文风显示人品，作风显示性格，是务实还是务虚，常常会通过人的审辨能力显露出来；利害选择，决定人的道德境

界；政策水平，决定人的眼界，也决定人的专业底蕴。这其中，最能体现水平的是见微知著的意识。政策的意图，不仅仅体现为文字，更体现在文字背后的思考，而能否领悟于此，取决于人的悟性；工作能力，决定人的发展长度。纵向发展需要专注，横向发展需要跨界。因此，能否坚持坚守地努力学习，能否真抓实干地不断创新，是决定工作能力的二维（关键）取向。

学习，要着眼于能力提升。我们知道，若是能不配位，甚至水平不够还想驾车，那一定会过坎爬不上、负重拉不住，最终把车子带进沟里。就此，正如有人所言：再美好的理想，没有能力的支撑，也只是一纸空谈、南柯一梦；再漂亮的建筑，地基打不好，也只是空中楼阁、虚无缥缈。所以，能力提升至关重要，并且永无止境。

关于能力提升方面的培养方式，最好的路径应该是：多维度学习，广面度讨论，聚重点思考，选一向论证。这种"由大到小"的教学幅度，实则有着"由面聚点""由表及里"的主观探求。因为对于成年人的培养，最重要的不是学了多少，而是让人明白努力的方向和目标；一个人知道自己的问题，是非常重要的，因为明确问题才可以努力弥补；至于能够学习多少，那只能取决于自身的努力。

学习，要致力于摆脱"幼稚"。何为幼稚？不懂他人而只顾自己，就是幼稚。基于这个定义，若是将不懂他人的范畴换成其他方面，比如政治、经济、社会、人情等，便会推演出许许多多幼稚的表现。

实际上，对应于幼稚之人的另一面，是这样一种人：他们看似工作经历不太丰富，但比较好学，也具有较强的适应能力；他们十分善于学习别人的长处，及时发现自己的不足，并且能够努力改正自己的不足。一个能意识到并且正视自己不足的人，一定有着很大的发展潜力，也通常具有愈挫愈勇的竞争力。

　　其实，无论对于企业还是个人，构建比较优势都是其寻找自身定位和成长的重要方向；而注重时间与资源投入（特别是时间投入至关重要，因为"时间是资源的函数"），则是构建比较优势的重要考量标准。

　　学习，不能太过功利。宋史中讲述了这样一个故事：有一次，苏东坡和友人章惇去游山玩水，来到一处绝壁万丈的潭水边，水边只有一座独木桥，下面是万丈深渊。章惇很仰慕苏东坡的才华，便请苏东坡到潭水边的石壁上题字。苏东坡看了看深不可测的潭水，又看了看摇摇晃晃的独木桥，连连摆手拒绝。这时，章惇却哈哈一笑，如履平地一样走上独木桥，又用绳索吊着自己晃到绝壁前，在瀑布的轰鸣声中，面不改色地题了几个大字；而后，居然气色如常地回到了苏东坡面前。苏东坡看后大为叹服，随后说道："君将来定能杀人夺命。"章惇笑问苏东坡何出此言，苏东坡答说："君子不立危墙之下；而不把自己性命看重的人，一定不会在意别人的性命！"

　　苏东坡的话，可谓寓意很深，愈是琢磨愈会让人思虑有加。如果借此再去考究一下章惇与苏东坡的一生恩怨，便更会让人内心波动、感叹难抑，进而也会联想到诸多识人结友的是是非非。

　　其实，章惇悬崖题字、以身试险，是为了题字留名。他的这种冒险举动，说到底是有明确目的的。而现今之人虽说同样常有冒险举动，但是绝大多数还不会为了追名逐利而舍身冒险。所以，若是以此类比来推断人性之普遍性，其实有失偏颇。只不过，人性之中许多根深蒂固的东西，古往今来大都一脉相承（既难说没有效仿之心，更难说没有效仿之人）。因而，对于那些为了追名逐利而不择手段之人，还是远之为好，而不能将其作为学习对象。

学习，如同品茶，在于升华。品茶大都如此：入口均感很涩，稍加品味，才会在舌根泛起一股甘洌；虽味很淡且又悄无声息，可这种滋味却是含蓄而意犹未尽，常常会让人感觉浑身通泰，但又似乎欠了那么一点。其实，品茶之妙正在于此，重在一个"品"字——唯有心静、神凝，滋味才会出来。

学习，更为重要的是在学思践悟中收获人生。学习，是主观的；经历，是客观的。唯有基于学思践悟而不断积累，才能基于主观与客观的结合而产生智慧，进而指导人生实现圆满。

比如说，人在年轻时，以为爱情就是一切；人在中年时，才知道家人是一切；人在晚年时，会觉得健康和知足常乐才是一切。这说明，一个人不是时时聪明、事事聪明。有时候不合时机的聪明，也不过是自我聪明的表现而已，这反倒会被聪明所误。真正具有智慧的人，一定是该聪明时聪明、该糊涂时绝不聪明。

当然，人有些小聪明也未尝不可，只不过，小聪明不能是常态更不能成为心态。若为常态，则是投机取巧；若为心态，则毁其一生。唯有坚持不懈学思践悟，才能成就真正的智慧；而"人智＋慧生"，才是人生智慧的至高境界。因为从智慧的本意来看：知而有所合，谓之"智"，这显然需要通过结合性思考才能实现；用心把无用之物变成有用的东西，谓之"慧"，这当然需要通过生活实践才能实现。而将二者结合起来，不就是"人智＋慧生"？！

　　人生总是在几个瞬间变得成熟的，的确如此。有诗曰："生年不满百，常怀千岁忧。昼短苦夜长，何不秉烛游。"此诗意境，在直抒心意之广阔中，蕴含着一种时不我待的追求气势。其实，"万丈高楼平地起"，把握好现在，才能拥有未来；把现在自己所能掌控的掌控好，把自己能做好的做到极致，这就是未来。

　　但是，人们往往会因为未来而迷茫、为了未来而纠结。岂不知，未来就在脚下，践行才能达及。而心中那些空想，除了会让自己跌几个跟头，没有什么作用。也许，正是这些本来可以避免的跟头，在不经意间让人觉悟起来，进而看看脚下，一下成熟起来。

第三节　世事洞明皆学问

世事，是一门很复杂的学问。掌握其中规律，是不断获得提升的必经途径。

人际关系是一门很深的学问，若要系统学习，还真不是一朝一夕就能速成的。就此，不得不说人与人之间的交往，是一件很玄妙的事情。比如说，一见如故、一见钟情之现象，有规律可循吗？显然说不清楚。但也确实存在这样一种渐进现象：初识无感，久见道合。也正因如此，接触了很多人之后，突然会感觉自己的眼界变高了。实际上，这其中哪有什么玄妙之处，不过就像读书一般，读了一本好书过后，再去读其他质量一般的书，会觉得索然无趣、味同嚼蜡。而此情此景、此见此识，就在于"择读有智、择友有向"。

其实，就人际关系而言，很多人不明白的是：它的最大矛盾不在于好人与坏人相处，而在于好人与好人的误会。正所谓"甲之蜜糖，乙之砒霜"，好人与好人之间的矛盾，莫不根源于此。而对此如何破解，似乎没有什么好办法。因为人性不同、学识不同、心态不同、经历不同，由此造就了人的思维与行为的方式必然不同。因此可以说，"合而不同"说来容易，实现起来一定很难。

实际上，对于人际关系的维护与拓展，核心在于"洞察人情，因人而异"。为人处世的精髓，应该是"心如磐石形似水"这七个字。所谓"心如磐石"，是指一个人内心要坚定，要有很强的目标感、方向感、使命感；"形似水"，是指一个人的外在表现不能拘泥于一种模式，而应该适应形势和环境变化，如水一样，它与所经过的任何地方都能高度契合，永远不会出现适应不了的地方。

近来，在一个名人传记中看到这样一句话：细微处见真功夫，结人于未发迹之时。顿有开悟之感，也不知不觉地将其作为做人法则而去思考，居然感到可以产生很多能够说服人的道理。在细微处都能见真功夫，何况对于其他？在位卑之时结交的朋友，又怎么会不成为真正朋友呢？此哉，真可以称为人际关系学之核心准则。

一直以来，职场关系都是一个热门话题。之所以热门，就在于：人与人之间的关系很难把握，事与事之间的轻重很难界定。

实际上，职场中的人和事，永远不是孤立存在的，有些问题看上去是鸡毛蒜皮的小事，但正所谓以小见大，通过这些小事，可以很清晰地看到其背后的大问题。比如，像开会迟到，抑或领导台上讲话、你在台下云游等此类问题，看似属于很细节的小事，却因为是处于公众场合之下，便能凸显出"越是细节的东西越能体现人的微妙心理"的人性判断。

其实，职场中的"曲"和"直"，才是人情世故最为重要的两个关键字。比如像曾国藩做事，每一次的目标都比较明确，实施起来往往迂回曲折、圆融圆满，各个方面都考虑的面面俱到。这看似"直"好似"曲"的处事方式，不仅是一种方法，更是一门高超艺术。因为职场也是一张大网，每个人都是网中的节点，其神秘的地方，就是谁也不知道谁背后的未知，这一点恰好让职场的博弈充满了变数。因而，假若直而不曲、一味固执，何谈找到支持力量？又何谈能够成就大事？

通过环境看人，同样是一门很深的学问。我们知道，环境生成基本分为天然与人工两个方面。天然无处不在，关键在于人之选择。什么人喜欢什么景象，这都取决于人的基本修养，也常常会不加刻意地抒发出来，所以才有"仁者爱山，智者乐水"一说；人工，则有着主动塑造之意，因而也就与人的追求有着必然联系。或者说，人喜欢什么就会塑造什么，即便自己水平不高，也常常会假借人手进行设计，进而达到自己满意为止。也正因为这些情况的存在，所以可以通过一个人对环境的追求而反向认识，来了解一个人的基本素养，了解一个人的内心深处。

通过艺术看境界，亦是洞明世事的重要方式。中国优秀传统文化艺术之所以能够一代一代传承光大，除了文脉这一主要因素外，还在于它们有着助人修养、助益交流的好处。

比如说书法，既可让人陶冶情操，又能以文会友。就此，虽说现今人的书法水平普遍不能和古人相比，稍好一点也不过是圆润有余、力道不足，书写气势更是逊色。但是即便如此，现今社会能有几人做到随处能提笔、挥毫著文章？显然少之又少。也正是因为这个原因，即便那些上不了台面的"丑书"之人，也大都有着为数不少的拥趸者。

实际上，书法之道与人生阅历大有关系。可以说，阅历不到、境界不高，根本无法体会到书法之中蕴含的精髓。比如，书法之阳刚，取决于"骨""力""势"；书法之意美，源自"韵""味""趣"；而书法如此内涵，显然与人之风骨、品味有着很大关系。因此，若能在平时挤点时间，或临摹仿写，或随意泼墨，或与人交流，那在日积月累中，既能随字之阳刚而提升"骨""力""势"的底蕴，又能随字之阴柔而懂得"韵""味""趣"的生活。

　　通过文化看本质，更是洞明世事的重要方法。在这个方面，中国文化当中的一些特殊文化现象，不仅很有人性特点，而且有着内在隐喻的哲学观。比如说：

　　面子文化。爱面子，是国人的一大特色。可是，要想真有面子，还真不是一件容易的事情。因为这会涉及彼此之间的两个动词，一个是"抬"，另一个是"给"，并且这两个动词，有时候出于一方，有时候出于双方，因而会产生变数很多的对接关系。可是，抬而不给，不讲人情；既抬又给，分量太重。尤其是如果仅仅冷面以对而不讲抬举，那势必会对双方造成损伤，并且没有退路也毫无协商余地。怎么办呢？两个字：太极。可以说，这既是圆融也是原则，只要巧以运用，便会成为让彼此之间都能明白的桥梁。

　　文字文化。中国文字可谓博大精深，但是，赞人之好有词穷的时候，而辱人之坏则往往方式很多。有时候，即便文字不见一个"脏"字，也能辱人之极、让人气绝，可见文如刀枪之厉害。

　　饮酒文化。对于喝酒脸红一说，切不能被外貌所蒙骗。其实，有些人脸红是因为酒精过敏，有些人脸红是因为兴奋过度，而有些人本来就是自来红，甚至是一种斗志在燃烧。所以，对于有些人而言，喝酒脸红仅仅是一种伪装，可以示人以弱，进而让人对其失去防范之心，最终放松警惕。实际上，喝酒形态不过如此这般：借酒浇愁者，一看便知；借酒发疯者，不看就知；借酒生事者，瞬间立知；借酒说话者，品后才知。尤其是喝酒谈事，不过是一种艺术，重在说者有意以酒盖面，进而达到自己的目的，至于是否酒后吐真言，那便是另外一回事了。

　　语言文化。朋友聚会，大都会有敬酒祝福之环节，但是，怎样说得恰如其分、皆大欢喜，则是一件很费脑筋的事情。也正是因为如此，很多人似乎把好话说尽当成一种习惯，只言其美而忽视场景与对象，这样会给人一种虚善虚夸的感觉。其实，好话不在多、善言不在直。比如，祝大家"六时吉祥"这句话，便是最为吉祥与喜庆的祝酒词。何为"六时吉祥"？六时吉祥是佛教用语，是祝愿一切众生一天之中无时无刻不吉祥如意（佛教将一个昼夜分为六个时段，六时就是全天候的意思）。而如此广义之祝福，显然是千言万语无法替代的。

通过经典看人生，最能让人感悟透彻。比如说，下面源于名著的十句话，每一句都是经典，每一句都是人生。

（1）生活不可能像你想象的那么好，但也不会像你想象的那么糟。

——莫泊桑《一生》

是的，真实的人生总是泥沙俱下，有笑有泪；人生不存在彼岸的圆满世界，也不存在一个合家欢式的大结局；人生之大多数，正如弘一法师所言：悲欣交集。所以，我们一路走来经历欣喜、体会悲伤，才是人生的真相。

（2）当我沉默的时候，我觉得很充实，当我开口说话，就感到了空虚。

——鲁迅《野草·题辞》

这句话内涵很丰富，也告诉了我们谨言慎行、言多必失的道理。实际上，生活的真谛就在于，懂你的人不必说，不懂的人也不必说。说到底，人生的路，要自己走。因而，话多半要说给自己听，悲喜都要自己尝。就此，不是有这样一句话？学说话，只需一年；学不说，却要一

生。由此可见，沉默是一种境界，更是一种修行。

（3）假如你避免不了，就得去忍受。不能忍受生命中注定要忍受的事情，就是软弱和愚蠢的表现。

——夏洛蒂·勃朗特《简·爱》

确实，这就好比在灾难来临之前，人们通常会觉得恐惧，感觉如果这件祸事降临到自己头上，自己一定扛不住。可是，真与灾难遭遇了，虽然生活状态会有所改变，但是再苦再难也要承受，因此便会慢慢习惯而不会一味恐惧，并咬着牙关往前走。直到有一天柳暗花明，这时再回望过去，原来已经走过了很长的路。

（4）世上有许多事，尽管看得清清楚楚，却不能说出口来。

——陈忠实《白鹿原》

世上之事，看清容易，看开很难。况且人生是不可能一帆风顺的，所以即便看透他人的处境，即使看清别人的心酸，却也不必大肆宣扬。人家不愿意说，你就装作不知道。明知不问，是最好的修养；知而不言，是最好的安慰。揭人不揭短，看破不说破。管住自己的嘴，才能少惹祸。

（5）审判自己比审判别人难多了。如果你成功地正确审判了自己，那么你就是一个真正的智者。

——埃克苏佩里《小王子》

人都是一样的，眼睛长在前面，只能看到别人的过错，却很难反省自己的过失。人最大的敌人不是别人，正是自己。那些永远觉得自己没错，抑或总是推卸责任的人，迟早会遭人厌恶、被人厌弃。唯有意识到自己的问题并能不断修正，才能让自己的人格更加完美。所以，曾国藩说，不断修正自身弱点的人走得最远。

（6）人类的一切智慧，是包含在这四个字里面的：等待和希望。

——大仲马《基督山伯爵》

实际上，且不说人类，单纯就一个人而言，活着总得有个盼头，没有盼头的日子一天也熬不下去。所以，越是聪明的头脑，越是懂得集思广益——多听少说，多进少出，默默消化、汲取营养。这或许是一种"等待"，却能以此获取更广阔的思考和见识，进而让自己的头脑更清楚、计划更长远、目标更准确。

（7）凡事需多听但少言；聆听他人之意见，但保留自己之判断。

——莎士比亚《哈姆雷特》

兼听则明，偏听则暗，所以要多听少言；他人意见，难免偏失，所以要保留自己的判断。这就好比自己的汽车自己开，千万不能让别人来驾驶，更何况是属于自己的思想之车。虽然前行之路可以参考别人的意见，但一定不能随波逐流，更不能把自己的思想外包给别人。

（8）记住该记住的，忘记该忘记的。改变能改变的，接受不能改变的。

——塞林格《麦田守望者》

很多时候，人生就如同手机一样，再高的配置，也会随着使用而慢慢卡顿。定时清理内存，手机才能正常使用。人也是这样，要定期清理心灵的垃圾，学会接受，学会放弃。只有这样，内心才能豁达安闲，人生才能自在从容。

（9）人生啊，是这样不可预测，没有永恒的痛苦，也没有永恒的幸福。生活像流水一般，有时是那么平展，有时又是那么曲折。

——路遥《平凡的世界》

人生很复杂也确实不可预测，什么都需要自己去体验。所以，顺风的时候别得意，逆风的时候别失意。守住自己的心，看人生起落、云聚云散，才能懂得人生道理；保持安宁的心，凡事不必逃避，处事坦坦荡荡，才能守正自己的人生。

（10）婚姻是一座围城，城外的人想进去，城里的人想出来。

——钱锺书《围城》

结婚有结婚的温暖，不婚有不婚的自由。人生就是一场选择的游戏，有舍必有得，有得必有舍。因此，不要羡慕别人的生活，因为别人也可能在羡慕你。况且婚姻就是这样的：不论跟谁过，都是跟自己过：不论跟谁过不去，都是跟自己过不去。所以，自己选的路，自己走下去，不抱怨，不后悔，就足够了。

第四节　人情练达即文章

把人情世故摸透了，处处都是文章，而实践则是我们学会恰当处理一切事情的重要源泉。

要懂得人的矛盾之美。实际上，人的矛盾性在每个人的身上都或多或少存在。比如，有的人一动笔就妙笔生花，一张嘴却木讷古板；有的人一张嘴就口吐莲花，一做事却茫然无知；有的人看似一根筋实则聪明睿智，有的人好似八面玲珑，不过绣花枕头一个而已……再比如，同样是欣赏绘画艺术，不同的人，角度不同，识之不同；层次不同，感受各异。而真正的大家之作，也往往会基于人们的不同欣赏，而留下历史的印迹。

实际上，真正的大家之作，大都有着"三远"艺术内涵（这何尝不是矛盾之美的综合体现，又何尝不是极其高妙的人生态度）。

何为"三远"？第一远，即"高远"：讲究的是自下而仰山巅，把自己放在低处，谦卑才能看得更加真切；第二远，即"深远"：讲究的是自山前而窥山后，远观丘丘壑壑之起伏，方能见得由表及里之深邃；第三远，即"平远"：讲究的是自近山而望远山，在前后左右的辽阔景色中体现全局思维。

"三远"之核心在于"由低到高""由表及里""由近至远"，基于这样的思维组合进行创造，才能展现出丰富多彩的艺术魅力。以此而联想到人，或许每个人的世界都有独特的一面，外人想懂也很难搞得清楚，但是，矛盾之美往往在于此。这个时候，只要稍微了解一些、探寻一下，最终品味起来一定别有味道。

要懂得识人之道。根据人之本性的成熟表现，有这样四种基本判断：一是外暖内暖，此乃善良好处之人；二是外暖内冷，此乃心机很重、主见坚定之人；三是外冷内暖，此类人看似桀骜不驯、不近人情，实则属于性情中人；四是外冷内冷，此类人大都意志坚定、很难驾驭。以上四种，其实最难分辨的是前两种，原因在于：人之笑面有着很大的欺骗性，也不代表着真正的心暖。

实际上，关于识人之道，自古以来留下了很多辨识制衡之道，也演绎出很多众口传说的经典故事。而现今，有些偏学之士常常将其奉为圭臬，进而开堂宣讲，抑或著书立说，似乎要将跨越千年的历史智慧装入一口之下。岂不知，讲得明白的道理，往往苍白无力；经人咀嚼的智慧，常常没有营养。真正有用的东西，一定是只可意会，不可言传，众妙之门，存乎一心。

曾国藩《冰鉴》中有述："'脱谷为糠，其髓斯存'，神之谓也，'山骞不崩，唯石为镇'，骨之谓也，一身精神，具乎两目；一身骨相，具乎面部，开门见山，此为第一。"此乃何意？即：面相有形神之分，透过双目看精神，透视面部观身骨，只要抓住了重点，识人近真。

要懂得沟通艺术。沟通说话是一门艺术，有些话可以直白坦述，有些话只能适可而止，而能够把握好这个度，大都是底蕴很深的人。因为知道什么就说什么，是多嘴的浅薄；明明知道却只字不提，才是沉默的高明。

实际上，一句话便能赢得他人的好感，无疑是一种十分难得的能

力。而具有这种能力的人，通常会让人一接触便能感觉出来。比如说，他们精明之中透露着真诚，常常能够三言两语点明立场，既不偏袒夸大事实，又不让人感觉敷衍了事，会很快拉近人与人之间的距离。显然，这种人智商与情商都会很高，也一定经历过许多风风雨雨。他们对什么事情都看得很透，所以，才会让自己的语言有温度，让自己的思想有深情，进而很容易装进别人的脑袋里。

要懂得如何与领导相处。这个话题虽然比较敏感，也很容易引起非议，但却不得不说，懂得如何与领导相处，确实有助于自己能力的提升。尤其是在领导的身边工作（领导，矛盾之中心也），每天看着领导如何处理各种错综复杂的事务，日积月累、耳濡目染，自然会让自己的眼界和心胸变得开阔。但是，"近是利矛远是盾"，与领导之间的关系处理，确确实实是一门很深的学问。且不说关系近了很容易暴露自己的弱点，即便思维反应跟不上也很容易误事。所以，一定不要单纯以"工作形态"来处理这种关系，亦不能圆滑采用"情感形态"来复杂应对。就此，有人道，领导决定属下的前途，属下也可以间接影响领导的仕途。原因就在于一个好属下的适当提醒与背后工作，常常会让领导事半功倍，进而统筹决策好一些重大事情。

其实与领导相处，关键在于"火候"二字。火候不到不行，火候过了也不行，至于什么火候恰到好处，那就取决于因人各异、因事而觉的感悟了。就此，《菜根谭》中有一句话：处世不宜与俗同，亦不宜与俗异；做事不能令人厌，亦不宜令人喜。由此想来，或许"别过分"这三个字，才是最为恰当的为人底线、比较合适的做事原则。当然，"别过分"并非让人一味谦虚。谦虚，并不是在什么情况下都可以使用的。比如说，有人在领导面前常常自谦，说自己这里不足、那里不足，一旦表现不好便请领导原谅。其实，细究这种表现，便会发现问题很大。因为这种自谦，会让领导感觉你在找退路或是觉得不太适合做这份工作。

要懂得通过"觉悟"提升人生境界。就此，有这样一个故事：有一次，有人拜访弘一大师，见大师在吃咸菜，便问："只有咸菜吗？"大师说："咸菜好，有咸的味道。"当大师吃完咸菜后只喝了白开水，这个人又问："只喝白开水，没有茶叶，是不是太淡了？"弘一大师说："没事，淡有淡的味道。"从这个故事可以看出，同样的事情在不同人的眼里，有着不一样的意义。就此，若是从宋代禅宗大师青原行思的参禅"三重境界"来看，更能让人感觉出其内理性差别、内化性差距：参禅之初，看山是山，看水是水；禅有悟时，看山不是山，看水不是水；禅中彻悟，看山仍然是山，看水仍然是水。

实际上，禅宗大师于尘世间理会佛理而得出的上述真谛，何尝不是人生的三重境界。尤其是，第一重境界和最后一重境界看似一样，实则间隔了千山万水，根本不在一个层面，也根本不属于同一个纬度。这说明，经历与不经历、理解与不理解、深入与不深入所形成的看法、所得出的结论，是完全不一样的。因而，同样的山水也就有着不同的颜色和景致：年轻人看到美好和未来，年老者看到回忆和往事，仕途者看到前景和事业，有情人看到山盟和海誓……这其中，哪个是对、哪个是错？哪个是好、哪个是坏？说好并非好、说坏并非坏矣。这就好比弘一大师吃咸菜就开水，或许在锦衣玉食者眼中，寒酸而凄凉，但弘一大师却安贫乐道、自得其乐，吃出了人生不同味道。而这，何尝不是一种更高层次的人生境界。

现代之人，应该怎样理解"格物、致知、诚意、正心"？我们知道，这八个字出自"四书"的《大学》，强调修身为本，亦即强调内在的德智修养。实际上，这八个字是儒家学说的重要思想，突出了自强不息的特点。

大体而论，《大学》八条目"格物、致知、诚意、正心"，说到底是修身养性的重要方式，也是齐家、治国、平天下的重要支撑。特别是格物与致知，既体现为观察与研究，又表现为思考与认知，它们和人与人、人与自然有着密切关系。可以说，它们是人与自然的重要联系节点，也是构成天人合一的重要通道。而诚意与正心，既是格物与致知的追求结果，也是内圣外王的重要前提，正所谓"穷理正心，修己治人"。因此，换个角度来看，如果将儒家思想与自然科学结合起来，进而让儒家思想融入自然科学（形成"仁道"之学），或许会成为构建和谐社会、构筑文明生态的重要理论基础。

第五节　文似看山不喜平

要在多维度中进行学习和思考，长此以往，就会愈加发现，相比于平坦无奇，山峰的奇势迭出更加有趣。

事物都有两面性，就像山有平也有奇，关键在于我们如何观之、怎样处之。这也好比有些危机事情，如果换一个角度去思考，也许就会变成机遇；而有些对别人是机遇的事情，但对我们却有可能变成陷阱。

事情往往就是这样的，很多时候越是想把某件事情想清楚，反而越是未必能够将其想清楚。就此，倒不如先给自己换个环境、换换脑筋，去做一些其他事情，也许偶然间一种感觉便会触发自己的灵感，进而能够很快助力自己解决那些头疼事情。比如说，如果遇到一个解决不了的问题，则可以找个机会去爬山，站在山上去看山，然后再去想想问题能不能解决。如果依旧解决不了，这就不是自己的问题了——总归，登高望远还不得其解，一定说明问题的本身就有问题，如此一来，暂缓处理。

要学会认识自己。很多时候，我们看似了解自己，实则根本不了解自己，"我是谁"乃是困扰我们的最大课题。所以，我们才会整天在某些小事上纠结、角逐，并且陷入其中不能自拔，如此一来，即便最终折腾出个你死我活，也终究都是输了。那怎么办呢？其实，找个人聊聊，便会发现收获不少；换个地方看看，就会感觉眼界变宽。很多事情都是如此，只要往前看看再回头瞧瞧，便会感到差别很大。

其实，哪怕自己处于较高位置，如果每天都扎在那些剪不断、理还乱的事情中，同样会被事务蒙住眼睛。而恰是这个时候，最需要从那些具体的事务中解脱出来，想个办法静静心，找个方式放松一下。也许，在这一紧一松之间，很多想不明白的事情想明白了，很多看不开的事情看开了。所以，德不配位，是大问题；心不配位，同样是大问题。心之所在，就在于我们能否认识自己、怎样认识自己。这个问题解决不好，找不到属于自己的"良知良能"，只能忙死而不知所以、累死而不明原因，终日碌碌，难有所为。

要学会系统思考。日常生活中，我们常常会以一种比较见长的思维去思考问题、谋划布局、决定方向，很少能够从系统角度去思考、去谋划、去定位，也往往缺少这个方面的指导智慧。比如说，专业技术出身的人员，常常会从"业务形态"的竞争性出发，去追求发展上的比较优势，进而会把自己的思想局限在一些点与线上，而不能跳出自己看世界，进而形成更加复合的思维态势。管理工作出身的人员，则会从"组织形态"的条理性出发，去追求发展上的平衡性，进而会把自己的思想局限在问题防范与资源调整上，而不能立足世界看自己，形成更优循环发展理念。

实际上，不论是处于业务形态还是组织形态，都要基于大格局来考量自己，基于大体系来定位自己。而这，则必然需要学会系统思考、养成系统思维，进而从多角度去发现各种要素价值，系统性去思考有没有可能由点成线、由线成面，最终将自己的业务形态融入更大的发展体系。融得进，便有价值；融得深，更有市场。

市场是什么？对有实力的人与企业来讲，叫开拓领域；对有价值的人与企业来讲，叫融入空间。对此，若是看不清自己而定位错误，不仅很难健康成长起来，更是很难平稳前行下去。

要学会转换立场去定位。生活中，我们总是喜欢站在自己的立场角度去定位，殊不知，别人眼中的世界与我们看到的世界是有差别的。比如说，那滔滔江水、蓝天白云，在诗人眼中，是诗的源泉，而在艺术家的眼中，是天人合一；可是，在那些商人眼中，则是个可开发的好地方；在普通人的眼中，他们就会想象，在这样的天气、这样的环境中走一走、看一看，心情一定舒坦。

这便说明：有着不同经历、生活在不同环境下的人们，往往有着不同的心理优势。城市人有城市人的优势，农村人有农村人的满足；文化人有文化人的独到，经济人有经济人的专长……并且它们之间很难对比也很难相融起来，因此，便会存在偏见与矛盾，甚至会有着很难苟同的玩味心态。其实，人与人只要位置一变，思维就会改变，而彼此之间的角色也会随之颠倒过来。很多时候，也许正是需要通过这样的角度颠倒，在空间与空间的错合之中，会出现机遇，会创造机会，会挖掘出不一样的认识世界。

所以，不论我们做什么，都要学会站在别人的立场上看问题，而不要一味强调自己如何重要。甚至，我们越是看好、越讲重要性，其他人越是看淡、越不会相信。而能真正吸引别人的眼光与认同感，则一定是对于人性有着极其深刻的领悟，甚至要有一颗悲天悯人之心。所以，长期处于一种环境、一个位置、一种思维、一个角色的我们，是不是需要换换环境、换换角度、换换脑筋去到处转转？也许借此很难改变我们的境界，但是，平和一下情绪、调整一下心态、改变一种思维，则是完全有可能的，而这，正是改变我们自己的开端。

要学会辩证思维解难题。看得问题最需要辩证思维，特别是面对重大问题的时候，尤其需要从正反两个方面去分析、去研究、去聚焦、去化解。

实际上，任何事物的发展都具有相对平衡性，而平衡性一旦被打破便会产生问题，进而也就需要通过变革来解决。因此，从这个角度来看，要想维持平衡，就要解决问题。解决一个问题，就是一次进步；化解一种矛盾，就是一次解放。也只有想办法把现存的问题解决好，发展潜力才会释放出来，进而形成新的平衡态势。所以，坚持问题导向，聚焦问题挖掘，同样是推进发展、塑造平衡的有效途径。

对此解释，若是感觉过于宏观、无法落地，那就看看这样一句老话，"学好数理化，走遍天下都不怕"。其实这句话在今天看来，并未过时，甚至有着更为深刻的现实新意。具体而言，现今的"数"，说的是分析形势、明晰变化，不畏浮云遮望眼，进而做到心中有数；现今的"理"，讲的是善于思考、勇于求是，风物长宜放眼量，进而掌握学理、道理直至发展规律；现今的"化"，指的是勇于担当、巧于应对，既有乱云飞渡仍从容之气魄，又有在危机中寻新机、于变局中开新局的化解能力。而基于如此"数理化"之功底，那一定会：赶考路上无难事，闯天下时不踌躇。只要辩证非折腾，沧海横渡亦从容。

要学会正确处理矛盾。在工作与生活当中所遇到的问题，最终的解决还是要依靠自己，除此之外，任何从上而下或是从下而上的解决办

法，都会有隐患。何言于此？其实道理十分简单，因为：矛盾的出现，就在经常相处的人群中间；并且很多矛盾，往往是解决问题时的人为错位造成的。所以，什么层面出现的问题，就要在什么层面加以解决。这既能很好地解决问题，又能同时清除矛盾、理顺关系，如此这样，自然会很少留下隐患。

要学会正确选择。任何事情运作，都有如此特征：时机不成熟，咫尺天涯；时机成熟时，事半功倍。但要抓住这一成熟时机，却并非那么容易——惰于思而等待，不成；懒于谋而乱为，亦不成；唯有敏于思、行立断，才有可能将机会变成一种正确选择。

其实，人生一世总要面临许多选择，只不过我们在面对机会的时候，往往犹豫再三、难以决定；而一旦错过机会，却又后悔不及、无法回头。因此，倒不如将人生一分为二：前半段的人生哲学是"不犹豫"，后半段的人生哲学是"不后悔"。基于此来把握当下、勇于去做，才会不给以后留下后悔的机会。

要学会与没必要的事情和解。我们知道，空气中含氧量只有21%左右，而其他气体占比高达79%，但是为了吸入氧气，人必须要忍受79%的废气。其实，生活当中的许多事情也是如此，往往为了有用的方面，必须面对诸多无用的方面。而要解决，并非没有办法，只是根本没有解决的必要。只要不受干扰、变成习惯，它就不会影响正常生活。

做人做事，本应看准了就做，做了就不要轻易屈服。虽说当今之凡人凡事，不一定都是欺软怕硬，但是，软弱容易可欺，心虚自然弱势。反而再是弱少的存在，只要能够坚持坚守，就会充满别人不敢欺进的力量。所以，即使坚持坚守的信念再是弱少，也有着星星之火的能量，只要有人认可，便有燎原之势；只要有人维护，便代表着成功了一半。

因此，对很多人来说，不要害怕起步的早晚，也不要顾忌能力的大小，只要在做自己擅长的工作、坚守自己擅长的领域，便是一种极其难得的机会。因为这种机会既有"根"也有"魂"，只要能坚持从"潜龙勿用"阶段做起，便一定会有"飞龙在天"的可能。

"反者道之动"，才是为人处世的大智慧。实际上，"反者道之动"之本义，是指世界上所有的事物，都必将走向它的反面。据此延伸推理，显然可以在为人处世上产生这样两个通则：一是要想得到一个事物，必须从它的反面开始；二是要想长久保持一个事物，必须包容它的对立面。由此，我们便会发现，敌人是我们的陪练，困难是我们的老师。一旦持有如此之胸怀，自然无往而不胜。

要善于运用现代智慧学习传统文化。中国传统文化，大论可分儒释道三家，大理可分文史哲三科，大畴可分天地人三学。对于如此之"三方九域"，我们能盖其全面而学之？显然不太可能；择其一向而悟透，即大家也。

其实，透过"三方九域"之框架，聚焦"三方九域"之要则，如果根据自己的爱好而组合一下，或许可以找到一条合适自己的国学学习路径。比如，将它们从后往前予以组合，便会产生人哲道、地史释、天文

儒等不同组合。对这些组合只要深思一下，便会发现它们之间似乎存在一种比较清晰的文脉。而这种文脉，因为很容易接近人的文识过程，因此也就很容易让人亲近。也许，这便是处于中国传统文化之浩渺，能在混沌之中有所学长的一种捷径。

第六节　相看两不厌

　　学习与思考是一对孪生兄弟，理论与实践是助力成功的双翼，感悟与思索则是思想境界的升华阶梯。

人生之过程，有着一个怎样的变化呢？就此，结合孔子的话来讲，应该是：三十而立，是立马横刀、百无禁忌；四十不惑，是明晰世事、了然自己；五十知天命，是顺其自然；六十而耳顺，是再无拂意；七十从心所欲，不逾矩，是行于可行，止于当止，随心所欲，任意东西。

实际上，人在年轻的时候，大都有梦想、有激情、易冲动。进入成年时期，或许会有梦想与激情，但一定会少些冲动、多些理智，进而懂得运作人生。而到了中年阶段，梦想即便有也会比较现实，激情一定衰减了很多，理性则会成为习惯，至于人生的运作也大多是经验主义而已。进入老年阶段，梦想与激情、理性与苛求等各个方面都会淡去，淡然于过去，淡定于当下，淡泊于未来，成为这个阶段的生命主题。

基于此而反向思考，若是人生各个阶段能够倒过来进行，进而学会并懂得用后一阶段之智慧去运作前一阶段之人生，那会产生怎样的结果？一定是：只要学会知止，定然收获可期；而人生不同阶段之主题，也一定更聚焦、更沉稳、更有意义。说起来，这并不是什么穿越性的妄想，就此，不是有这样一句话？"不听老人言，吃亏在眼前"。其实，过往人生的种种智慧，就在历史中，也时时处处伴随着我们，就在于我们想不想接受，用不用心接受而已。

为人做事，终究还是离不开"道法术器"。"道法术器"这四个字出自老子的《道德经》，它们看起来高深莫测，其实距离我们很近。因为，

"道"是天道，可以将其理解为原理、规律；"法"为效法，可以将其解释为方向、战略；"术"为操作方法，也可以称之为方法与技巧；"器"指有形的物质或工具，就此有句话叫"工欲善其事，必先利其器"，指的就是这个意思。

那么，它们会给我们带来怎样的帮助呢？概言之，我们做人做事要以"道"为根本，进而遵循规律、讲究方"法"，采取最好的技"术"、运用最好的"器"具，最终实现我们的目标。由此可见，道以明向，法以立本，术以立策，器能成事，这无疑会对我们为人做事有着重要参考意义。总归，凡事都是有规律和逻辑的，也一定是科学有序的。只要我们相信科学、遵从规律，并采取好的策略、借用好的助力资源，自然会提高成功成才的效率。

梦想与能力，相辅相成。就此，有一句话说得好：让梦想照耀现实。诚然，当梦想和现实密不可分的时候，我们的生活一定会呈现欣欣向荣的生机；而当梦想远离现实的时候，诸多的矛盾便会很快堆积在我们的眼前。

之所以如此，就在于：历史就是一个不断轮回的过程；"物极必反，没有绝对"，也一直是历史发展的必然规律。所以，我们不能因为历史的波折而没有梦想，更不能因为历史的局限而丧失实现梦想的能力。况且，梦想是虚的，能力是实的。要想成为生活抑或工作的强手，就必须虚实相融、以实践虚。故而，对于梦想与能力，则可诗曰："拙言并非笨，梦想乃正常；少言多行之，方能成栋梁。"

与时俱进，重在于"悟"。时势大变化，世事大变局，导致对现今事物的认识需要靠悟性，要靠先知先觉。能够最早悟到其中微妙变化的人，便能占得先机；占得先机的人，往往意味着是胜利者。

那么，怎样才能具有这种与时俱进的悟性呢？当然需要不断学习与思考。学习是赋能之基，思考是敏锐之本，只有将二者结合起来，并坚持学思互鉴，人的悟性才会敏锐，才能持久处于较高水平。而这，就像在我们脑子里，曲径一样可以通幽。特别是，自己参悟出来的道理，往往比别人说出来的答案更易把握、更有力量。所以，千万不要在参悟问题的过程中偷懒，一定要勤于思考、主动思考。正所谓：悟性通达，才能运作通透。这才是让人拥有智慧、少走歪路的奥妙之门。

只不过，虽说每个人都在思考，都有独立思考的权力，也都能拿出属于自己的独到见解，但却还是需要人与人的相互沟通。尤其是在面对重大问题的情况下，人的智慧总是存在一定的局限性。只有相互学习、互通有无甚至彼此妥协，进而找出彼此之间最为精华的切合点，寻求适切之道，才会对工作乃至发展有着更大的指导作用。

没有调研就没有发言权。"确确实实走基层，踏踏实实搞调研"，是对当今领导干部的组织要求。实际上，这句话看似直白易懂，但却极不容易做到。何为确确实实？说白了就是直接有效，不玩虚的；何为踏踏实实？说到底就是认认真真，聚焦实际。所以，"确实"并非"确似"，而是讲究"确是"；"踏实"不能"踏空"，而是强调"扎实"。由此一来，便从心态、方法、作风以及境界等诸多方面提出了很高的要求，也会很大程度地限制践行者的行为标准。

因而，要想深入到位、求是调研，可以用这样两句话来加以提炼：第一句话是，高层要有基层的情怀；第二句话是，基层要有高层的心态。二者能够互动到位，调查研究才会不走过场、实事求是。而由此所形成的发言权以及相关的决策事宜，也必然会不出偏差、很接地气。

古人有云："明察秋毫之末，而不见舆薪。"意思是说：目光敏锐，可以看清鸟兽的毫毛，而看不到一车柴草。借此比喻为人精明，只看到小节而看不到大处。其实，这是许多人都会犯的错误，而导致如此之原因，就在于调查研究不够且缺少系统思维。

实际上，在很多时候，局部与个体的有关意见，并不能说明问题，而群众的心声才是最重要的。所以，在认识问题与解决矛盾的时候，一定要把深入基层的调查研究放在首位，多听听基层群众的意见，唯有这样，才能观照现实、合理适规，真正从根本上解决矛盾与问题。

正所谓：话说一次是关心，话说两遍淡如水。而事实上，就领导层面而言，一句话重复两遍，大都有了意味深长的暗示；尤其是那些明显带有倾向性的提醒，在隐含着极为不满情绪的背后，往往与信任有着很大关系。人与人之间的信任，往往是在交往过程中，通过彼此的一些反应，要么得以巩固，要么丧失殆尽。

另外，坚持问题导向的领导，大都比较优秀。而这种优秀，不仅仅只是品格上的优秀，而且在于思维格局很接地气——少做露脸的事，不怕露屁股的事，这样的领导，往往没有干不成的事情。更何况，越是看不到的地方，越能发现问题与短板。领导者经常性深入这些地方，即便不能马上拿出解决办法，也一定会有所感触、有所思虑，进而会在冷静当中有所谋划。如此一来，他们还有看不清的问题、看不透的矛盾？还会被属下所蒙蔽而没有真知灼见？显然没有这种可能。

以史为鉴，开卷有益。比如说，若是能够将史书中的道理与现实社会现象进行对照，进而发现一些相通互鉴的地方，那自然会对我们启发很大。因此，学会从现实角度读史书，进而从中吸取营养，才叫真正的开卷有益。

其实，干工作也是如此，若是能够基于他人经验进行多视角分析，同样能够获得全新的认识。而这其中之奥妙就在于：对任何事情，只要秉承"只有亲近之心而没有崇拜之意"，便能开阔自己的心态、延展自己的思谋，进而建立自己的世界观。

有人说："儒家是'小学生'，道家是'中学生'，佛家是'大学生'。"虽然这种说法乍听起来比较偏激、绝对，但如果仔细加以琢磨，还不能说没有一定道理。

具体而言，儒家"治世修身"，重在考究人与人的关系；道家"治身避世"，重在协调人与自然的关系；佛家"治心出世"，重在解决人的内心问题。三家各有侧重又互有交集，而其所体现出的境界，确实有着小、中、大的差别，因而很难将三家的道理融会贯通，进而形成"三合一"的思想体系。如果真想将三家思想形成一个统一结论，或许唯有南怀瑾的这句话大致能够加以涵盖，那便是：佛为心，道为骨，儒为表，大度看世界。而这句话，也无外乎表达的是：以佛家来充实自己的内心，以道家来指导自己的思想，表现出像儒家一样的行为。

　　其实，在我看来，"入世"在于有根，因此，儒家"修身齐家治国平天下"之思想，是谓立身之本；"处世"在于包容，因此，道家"道法自然"之思想，是谓立世之道；"出世"在于度己，因此，佛家济世行善之思想，是谓立心之法。而如此之治身、治世、治心，何尝不能成就我们做人的最高境界。

第二章

操千曲而后晓声

行胜于言

不积跬步无以至二里

试玉要烧三日满

绝知此事要躬行

善为至宝深深用

第一节　行胜于言

　　落实力、执行力，决定事业成败，我们常讲"一分部署，九分落实"，诚真理也，正所谓一个行动胜过一打纲领。

作为管理者，欲要打造一个狼性团队，最直接有效的办法，就是"四零四查九度"。

"四零"：零拖沓，零返工，零借口，零扯皮。

"四查"：查方案，查进度，查配合，查结果。

"九度"：目标的精度，工作的深度，落实的速度，做人的态度，执行的力度，方案的巧度，做事的细度，团队的风度，视野的高度。

上述办法，看似管理维度很多、管理幅度很大，实则："四零"解决的是作风问题，"四查"考量的是执行状态，"九度"注重的是文化塑造。由此便能看出，真正有效的管理，主要解决的是"执"与"行"的问题。因此，也就导致企业必须在制度体系上做到"六个清晰"，即战略清晰、目标清晰、流程清晰、责任清晰、奖惩清晰、薪酬清晰，进而要求到位、用人到位、检查到位、评价到位、奖惩到位、领导到位，才能根本而系统、规范而便捷地解决好执行问题。

规矩做人，规范办事，永远是人生的基本常态。正如韩非子所言，欲成方圆而随其规矩，则万事之功行矣。人讲规矩便是遵守规则，而遵守规则本来就是成事之基。所以，即便要为自己打造一个自由发挥的平台，进而充分发挥自己的主观能动性，也要遵循规矩之理来调整自己的思想空间，让自己最好置于规矩约束之下。对此，若是用一个坐标系来形容，便是：要将自己的行为与社会（企业抑或组织）方向保持相对一致

（在0度—90度区间活动），而不能反向背离、逆向存在（在90度—180度区间活动），否则，便会产生破坏力，进而既无益于组织更无助于个人。

其实，人才使用也是如此，既要给他们一定的自由空间，又要把他们当作是一只风筝，只要组织的手中拉着一根线，确保他们不会断线飞走，便会既让他们尽情地翱翔，又有可能会给组织带来惊喜。而如此之一线约束，便是企业的发展方向，也是企业的制度规则。

在企业当中，经常会讲这样一句话：用制度管人，用制度管事。其实，只要认真分析企业制度之编写内容，便会发现"用制度管人"这句话是对的，因为制度本来就是用来管人的。但是，"用制度管事"这句话则不准确，因为"流程才是管事与做事的基本准则"，而用制度管事，不仅会让员工很难懂得怎样操作，也无法理解操作的标准是什么。

实际上，制度，需要流程化落实；流程，需要表单化分解；表单，需要数字化运营。因此，唯有在企业内部实现"四化"，也就是"战略制度化，制度流程化，流程表单化，表单数字化"，才能保证制度体系一贯到底落到实处。

制度保证之关键在于执行，而执行保证之核心则在于人。若是人的层面不重视，再好的制度也是一句空话。所以，制度管人，重在要管怎样履行制度，为此，也就很有必要加强培训与考核。另外，制度建设更是不能空洞作秀，总归"巧于作秀不如善于作为"，作秀追求表面，作为功于内涵。所以，还是应该把"秀"的智慧用于"为"的效能，如此才能接地气、利执行，最终发挥出制度的保证作用。

创新创造就如同一张白纸一样，可以让人任意绘画蓝图。但也正是因为是一张白纸，所以最后交上来的答案，可能是高分，也可能不及格。

其实，越是白纸一张越不好下笔，既很难把握应该从哪里落笔，更很难知道第一笔能不能开好头；还有，应该在哪里留白、应该在哪里重点描绘等等，都是问题。所以，就不得不慎之又慎，进而多用一些时间去思考、多花一些工夫去谋划，才有可能起好步、开好头，最终交出一份满意的答卷。

企业性决策、组织性决定，大都有着绝对性的特点，而较少有着相对性的空间。但是，问题的矛盾就在于：绝对了，往往会在有些方面让人感觉不合理；相对了，又会在某些地方让人感觉不公平。而一些矛盾与意见，也正是人们基于"相对"看"绝对"、立足"绝对"看"相对"而产生的。如此一来，即便再正常的事情也会看得不太正常。所以，大凡属于决策范畴的东西，既要体现民主，更要讲究集中，而最终的决策也唯有"担当"二字才能履行好。

现在我们常说，要坚持问题导向。事实上，很多人在问题面前，既缺乏坦坦荡荡的胸怀，也缺少抓铁留痕的姿态，反而常常会瞻前顾后、束手无策。就此，不得不说，导致这一问题的原因，既是多方面的也是深层次的，而这其中：能力不足，是多方面之重点；推诿避责，是深层次之关键。如此一来，问题导向也就变成了"问替"导向，进而会把问题像臭鸡蛋一样包裹起来。

实际上，坚持问题导向，一定不是从一般角度去怎样纠结问题，否则就会纠而不破、破而不解；而是要真正想办法解决问题，由此，也就必须从政治高度去寻求定位、寻找逻辑，如此才会从更大空间找到方法，并且能够找到解决问题的担当意识。可是，现今的人们，往往是"强个性而少忍性，善回避而弱执着"，即便有些人的工作经历看似很多，但是真正的考验阅历还是相对简单一些；尤其是面对新知识而进入学习瓶颈的人，更是不喜欢挑战反而追求简单，哪里还会具有一定的远见与胆识？如此一来，当真正遇到问题的时候，他们的眼前只会觉得迷雾重重、困难重重，这些困难如何解决，这些困惑如何冲破，也就很难想出科学精准的解决办法。

对于问题的看法，应该是层次越深越好。如果所有人都觉得某个问题极其正常，那一定说明这个问题很不正常。之所以不正常，是因为在其背后，要么是群体性麻木所致，要么是谁都不乐意沾手。而事实上，这往往会让问题走向更为危险的一面。所以，什么问题都不要指望大事化小、小事化了。唯有深查细理、认真对待，进而抓住关键、马上解决，才是最有利的。

正所谓：人误地一时，地误人一年。其实很多事情都是如此，即便拥有再好的条件与资源，只要人之懒怠、不思进取，那么，再好的条件也会失去，再好的资源也会荒废。

职场上，能将问题通过自己加以解决，就尽量不要惊动领导。否则，很容易会给领导留下能力不足或办事不力的印象。况且，即便得到了领导的支持，跨过了眼前的难关，而对于以后的关卡，也是很难再过。

实际上，工作之所以会产生问题，往往不是程序所致，多是落实态度问题所致。至于是故意为之还是无意疏忽，抑或能力不足造成的，虽说很难判断，却很难瞒过众人的眼睛。所以，作为职场中人，什么都可以疏忽，唯一不能疏忽的是自己的职责。若是职责都能疏忽，那即便不被上级组织所发现，也会被所处团队所排斥。

另外需要强调的是，对于工作职责，千万不要出现针对性的"故意"抑或根本不当回事，因为：自己的故意，就是自己的陷阱；自己的不当回事，就是把自己不当回事。而最终，还有什么存在价值？所以，很多时候干事情，不仅仅取决于程序，关键是要表现出一种态度。态度决定一切，态度出现了问题，既无法提升自己，也很难干好工作，更是难以拓展自己的发展空间。

在企业中，总是"一些人没事做，一些事没人做"，并且没事的人盯着做事的人、议论做事的人做的事，使得做事的人既做不了事也做不好事。可是老板夸奖没事的人，因为他看到有人做不成事；于是老板训诫做事的人，因为他确实没有做成事。由此，便导致：一些没事的人，继续没事做；一些做事的人，总有做不完的事。结果企业内部也就难免——好事变坏事，小事变大事，简单的事变成复杂的事。

事实上，有些人做人做事，可以用这样一句话来形容：吃得挺胖装得挺像。因为他们明明闲着没事，却非要装出很忙的样子。如此一来，他们便会像没有绑腿的螃蟹一样，横行到哪里，哪里就乱；接触到什么，什么就遭殃。

对于一个人来说，最为重要的不是"想要干什么"而是"能够做什么"，所以，"选择如何去做"往往比"追求如何之好"更有意义。

比如说，职场当中，由于职责分工之不同，每个人所处的位置一定不太一样。虽说权力与待遇不是绝对的，但也难免会产生认知上的不一致、追求上的不协调。其实不论怎么样，"有想法"仅仅就是一种想法，而不能影响工作；服从命令、遵从指挥，永远都是职业操守必须坚持的原则。否则，组织治理、体系运作、工作要求便会无法落实，进而企业的整体效能也会在内耗当中不断衰减。而这样的氛围，既不适合于人的成长，更是无法让有能力的人发挥作用。

就此，或许有人会说：服从就是控制，遵从就是约束。其实，这种认识不过是基于个人自由心理的主观断定，而并非现实生活的客观事实，因为服从命令是职责，遵从指挥是规则。职责之下如何更好落实工作，规则当中怎样有效推进工作，不仅有着很大的发挥空间，而且有着更多的创新余地，这既不可能困住人的手脚，也不可能限制人的行为。若是对此一定要说"能"，那也不能单纯认为这种原则存在问题，而在于人的思想同样出现了问题。事实上，追求个人自由与服从社会秩序，一定是辩证统一的两个方面，也只有解决好二者之间的矛盾，人的自由尺度与外在世界的包容尺度，才能实现高度统一，进而才会更好地解决——诸如人的智慧与世界的秩序、人的内在必然性和世界外在的必然性、人对世界的感性接触和思维把握、人的意志和理性、人对现实的超越和服从等重大问题。

第二节　不积跬步无以至千里

千里之行，始于足下。路要一步步走，事要一件件办；在夜以继日的追赶中，在日积月累的奋进中，一定能够到达胜利的彼岸。

什么是人才？简单地说，就是具有集中精力本领的人。因为人最有魅力的时候，大都是在专心致志的时候，无论是专心致志地工作，还是专心致志地学习，都会让人由衷感到敬佩。

其实，能够集中精力的人，大都比较细心。只不过，细心的男人总是少见，而细心的年轻人，更是少见。岂不知：细心用于交往，就是感动人的利器；细心用于工作，就是善做善成的基石；细心用于管理，就是触类旁通的悟性；细心用于职场，就是助力成才的阶梯。所以，郭沫若说："天才多半由细心养成。"荀况说："不闻不若闻之，闻之不若见之，见之不若知之，知之不若行之，学至于行而止矣。"也许荀况的这段话，对于我们（尤其是年轻人）塑造自己的细心更有启迪意义。实际上，不论是胸中有丘壑还是手里有乾坤，皆是需要具有"于细节中见文章"的自主觉悟。

有这样一句话：在任何时候，眼睛都要看到目标，只有看到目标了，才不会偏离方向；也唯有这样，人的心胸才会宽广，人的气度才会洒脱。

确实，唯有看得见，心里才会踏实，而踏实了，自然人的心态与行为都会放松下来。实际上，这句话还给我们提供了这样一种启示：看不见，便要想尽办法去"看"；想不通，便要尽其所能去"想"。任何事情都怕"认真"二字，只要用脑以专注、用心以致志、用力以善成，没有什么问题是看不明白的，也没有什么事情是做不好的。

生活中有这样一种人，很多事情在他们的手上，看似从头到尾没有章法，但是只要细细推敲，却会发现竟然是一个必然的过程。其实，这种人看似平常无奇、少有主张，实则最为擅长化有形为无状、解冲突为平顺，进而在风平浪静中创造出极不平凡的事情。

何至如此？说到底，他们是懂得把握规律的人，更是懂得审时度势的人，所以他们才能识他人所不识、为他人所不为，由此在不经意间赢在先机。当然，表面越是轻松，背后愈是努力。他们同样如此。或许他们时时都在调整自己的情绪，抑或他们天天都在思索怎样突破。实际上，他们那种外表所表现出的沉默与冷静，离不开背后的极度煎熬。

领导体系同样存在着很多规律，而如下的"四不"原则是其最为精华的一部分：

正职四不：总揽不独揽，宏观不主观，决断不武断，放手不撒手。

副职四不：献策不决策，到位不越位，超前不抢前，出力不出名。

平级四不：理解不误解，补台不拆台，分工不分家，交心不多心。

下属四不：献计不定计，听话不驳话，服从不盲从，务实不务名。

用人四不：用人不整人，管事不多事，讲话不多话，严格不严厉。

工作四不：不事无巨细，要抓住重点；不随意决策，要深思熟虑；不仅计划安排，更要督查落实；不仅立足当前，也要考虑长远。

对于领导者而言，通常会因为人之不同而在表现风格上有所不同，但是，不论怎样不同，如下七种姿态则要坚持：

一是对下属犯错，可以理解但不能谅解。理解，是情感的不舍；谅解，是错误的放纵。二是对优秀人才，可以照顾但不可以迁就。照顾，看在能力；迁就，助长狂妄。三是对企业功臣，可以重赏但不可以重用。重赏以功，众人认可；重用以功，很难服众。四是对企业老人，可以敬重但不可以敬畏。敬重取决胸怀，敬畏滋生麻烦。五是对上下之交往，可以深情但不可以多情。深情出自人性，多情丧失原则。六是对选用之人，可以相信但不可以盲目信任。相信基于使用，盲目信任则是放任。七是对工作创新，可以渴求但不可以强求。渴求是种心态，强求则会变形。

人生就是一场聚散不定的盛宴，而人生的追求又何尝不是一个聚散不定的追求。只不过，人生的聚散，"聚"要有目标，"散"要解矛盾，因为不论是生活还是工作，既不可能没有目标，也不可能没有矛盾。

实际上，目标即是矛盾，矛盾亦是目标，它们都是事物联系的对立与统一，而其中的每一个细节也都是学问。所以，如果做不到对细节的敏锐观察与揣摩，就往往会错失许多可以把握的机会。就此，记得《荀子·王制》中有这样一段话："大节是也，小节是也，上君也；大节是也，小节一出焉，一入焉，中君也；大节非也，小节虽是也，吾无观其余矣。"从中可以看出，大节与小节是相辅相成的，唯有大小并重，才能成就"上君"之境界。

我们都有年少轻狂的时候，也总是相信：天生我才必有用；是金子总会光；只要有才华，就一定会有出息。可是，抱着这些信念一路走来，感受最多的却是——在逆境中才能提升、在失败中才能崛起。是的，这个世界从来不缺乏有才华的人，而最为缺乏的是洞察人性、懂得生存的人。也唯有逆境与失败，才能造就这个方面的智慧。

另外，正如荀子所言"蓬生麻中，不扶而直；白沙在涅，与之俱黑"，这强调的是：人的本能会随着身边人的行动而跟着行动。所以，要想把理想变为现实，还是应该像幼小的植物那样，把成长的优势集中到根上，进而培育能力、储备能力、提升能力、适应环境。总归"尊严是和实力挂钩的"，没有生存的能力，何谈自己的理想与尊严？而唯有洞察与果敢携手、坚韧与纠偏并行、本我与忘我兼容，才能乘势借势蓄势造势，进而通过用心用智用毅用力，最终担当起"生命中的最大可能"。

与其纠结那些高不可及的目标，倒不如做好眼前之事更有价值。选择与放弃，永远都是生活与人生需要面对的关口，但是，"君子求诸己，小人求诸人"，这就说明涉及自己的问题还是依靠自己为好。换句话说，只有先把自己的事情理顺了，进而把能够利用的资源想办法利用起来，才会更有力量，也会更有行稳致远的持久力。

那么，如何去选择、怎样会放弃？其实，昨天的放弃决定今天的选择，明天的生活取决于今天的选择。因而，起步于当下、着眼于今天，只要把眼前的事情把握好、运作好，比什么都有价值。

知识通过实践，才能转化为见识；见识通过勇气，才能转化为胆识；唯有将三者叠加起来，才会赢得成功的可能。因此可以说，见多识广、遇事不慌，具有一种运筹帷幄的胆识和气度，才会拥有强大的力量，进而对于任何情况都能应对自如。

对年轻干部而言，一定要给他们压压担子，最好是让他们到艰苦的地方深度锻炼。因为越是优秀的人，越是需要重压与磨砺，也只有置于重压之下，才能让他们爆发出更强大的生命活力。

总归：刀需石上磨，人需事上历。越是重压和艰苦磨砺，越能淬炼出境界和担当。况且很多时候，到不同的地方走一走、看一看，真的很有必要。因为每到一个地方，人的感觉都会不一样，人的心态也会不一样，因而看问题的角度与深度才会不一样。而人的成熟，正是基于这种不同的感悟才能催生出来。

当然，我们也一定要记住这样一句话：危险后面是机会，机会的后面往往还有危险。所以，遇事不能莽撞、做事要有底线——三思而行，做正确的事；专业专注，把事情做正确，才是能行稳致远的必由之路。

其实，很多事情都是如此，态度坚决不意味着行动坚定，行动坚定不意味着结果坚实。因而，"听风就是雨"的思想是要不得的，反之，安安心心地做好本职工作，踏踏实实地干好自己的事情，才是至关重要的。

人生，就是一个面对问题并解决问题的过程。而问题，既能启发我们的智慧、激发我们的勇气，也是划分我们成功与失败的分水岭。所以，只有为解决问题而付出努力，才能使得我们的思想和心智不断成熟。

另外，我们的心灵也渴望成长，渴望迎接成功而不是遭受失败，所以它会释放出最大的潜力，尽可能将所有问题解决。因此，我们不要面对问题而胆怯，更不能低估自己的力量。越是困难的时候，越是需要我们敢于走出心理舒适区，激发同困难斗争、向问题进发的精气神。正所谓：多难兴邦、殷忧启圣，皆以事危则志锐、情迫则思深。也可谓：犯其至难方能图其至远。困难是自身成长的"维他命"，挑战是提升本领的"蛋白质"。也只有经风雨、见世面，才能长才干、壮筋骨，进而在人生的挑战与应战过程中迸发出更强大的力量。

第三节　试玉要烧三日满

刀在石上磨，人在事上练。
经历风雨方见彩虹，唯其艰辛更
显勇毅。

一个完整的人生，必须经历两次失败，第一次是因为无知，第二次是因为膨胀。但凡能够走出这两次困难的人，则会拥有真正强大的人生。同样，世间所有的生意和投资也是如此，只有经历过诸如上述的两次亏损（一次，因为无知而亏损；一次，因为膨胀而亏损），才会拥有驾驭未来的真正能力，进而让企业行稳致远。

生活中的很多时候，两点之间并不是直线最短。比如说，要想干成一件事情，切不是有想法就有办法、有办法就能实现。而往往要懂得与别人合作，要懂得找准自己的位置。这一点，比个人能力更重要，也比个人智慧更重要。所以，超越了个人，也就不能简单地按照个人意识去决定；超越了自我，也就不能单纯地依照自我想法去行动。

现实总是不尽如人意的，现实总是不完美的，现实总是有争议的。唯有懂现实矛盾的人，才会懂得务实；而动不动便去质疑各种不合理的人，看似高大伟岸、十全十美，实则只能存在于嘴皮子之中。普普通通、平平淡淡、是是非非，这才是现实。

有人总结：用体力赚钱就老实点；用脑力赚钱就机灵点；用钱赚钱就狠一点；用资源赚钱就圆滑点；用人赚钱就豁达点。实际上，上述几个所谓的"一点"，点位对应虽然比较牵强、点意解释虽说比较世俗，但也确实有着一定的现实性。甚至可以说，若是能够做到，还真是有着赚钱的可能性。

在企业当中，因为理念、认识以及工作素养之不同，自然会产生一些矛盾乃至冲突。而对于如何解决这些矛盾与冲突，可以说，绝大多数人都会以"道不同不相为谋"的方式来加以应对。其实，如此仅仅"从心理上拉开距离"的方式，是不利于团队建设的，更不利于合作工作。

从心理学角度来看，适度的"妥协"通常会降低矛盾的刚性；只不过没有多少人会从心理上主动认同妥协。但是，多数人不认可的事情，大都有着更为深奥的开发价值，比如说，假若从利益角度而不是从"是非对错"的角度去思考，什么矛盾与冲突不能妥协？显然，不仅能够妥协甚至可以在妥协中做到不退让。

动笔有千言，胸中无一策，是我们常有的感受。其实，面对重大问题，找不到了不起的自己，寻不到感觉良好的心态，都是正常的。尤其是，越是有着工作经历，越是遭遇生活挫折，就越会真正认识到自己的普通和渺小。所以，唯有懂得谦虚与务实，才会过往不成心病、未来不怕无知，进而在磨砺中成长自己。

"人间的一场大雨，不过是天上的龙王打了一个喷嚏"，这样一种看似神话般的形容情节，实际上在现实生活中也会经常发生。因为只要人的心理（特别是领导者的心理）不能保持公平，抑或对工作、生活、群众、社会等情况的了解比较片面，进而存在一定的层次边界，便会很容易发生这样的事情。

由此也就说明，领导者切不可高高在上，深入基层一定不能走马观花、蜻蜓点水，而是需要入脑入情入困境。吃不得一碗饭，听不得一声叹息，看不得一处心酸，何以能够以平等的思想看待问题？又何以能够实事求是地解决问题？所以，现代领导者服务于民的方式，还是少打一些喷嚏、多搞精准滴灌，这既能让需要者得到需要，也能防止如同暴雨般的人为破坏力，进而让不需要者受到伤害。

解决问题是带有方向性的。可是有些人或许因为"当干部当久了"，只习惯于自上而下看待问题，也只习惯于高开高走解决问题。岂不知很多时候，解决问题的方法往往来自基层一线，来源于群众智慧，只要稍加引导与扶持，不仅更有针对性，而且更加便捷有效。

大事未必就慢，小事未必就快，不可以常理度之。所以，大凡重大事情的决策，既急不得又慢不得，完全不能用时间来定论。有些事情或许十天半月都感觉慢，而有些事情过了一年半载都会感觉快。

处于当今变局莫测的时代，实际上，对于事情的大和小、急和缓、重和轻，不仅要认识清楚，而且在应对处理上，需要持有一个截然相反的态度。也就是说：越是大的事情，越需要镇定；越是急的事情，越要缓决；越是重要的事情，越要慢处理。

之所以如此，就在于：想他人之未想，识他人之未识，不仅需要时间，更需要多听听他人的意见。所以，以截然相反的态度去应对，应该

失少得多、更加全面。

工作中，很多人经不起批评与敲打。实际上，必要的批评与敲打，是为了检验其政治的敏感性、工作的严肃性。如果过不了这种心理关，尤其是不能通过批评而意识到自身存在的不足，那就代表着自己经不起考验。而如果能够过关，也不代表自己已经成熟，只能证明自己还有进一步锤炼的可能。

说到底，一个人成熟的标志，就是能够正确地给自己定位。充满野心不可怕，可怕的是仅仅活在自己想象的世界里，这样的人，最终的结局大都比较可怜。

很多事情，常常如人饮水，你觉得水烫，也许在别人喝来感觉正好。所以，千万不要用自己的判断去决定别人的生活，即便有些事情必须如此，也要多了解别人的情况，尽量做到实事求是。

第四节　绝知此事要躬行

生活往往一半是火焰一半是海水，众生往往半世欢笑半世哭泣，但这些都将成为我们珍贵的阅历。感恩经历，让我们的生命如此丰盈。

"人生没有假设，也不能回头，如果没有现在的选择，又怎么会有以后的转折？"

这段话，看似把人生之路表达得比较直白，实则有着十分深刻的哲学道理。因为从人生轨迹来看，确实没有假设，也确实没有回头的可能性；但是，选择的最终权力还是掌握在我们自己手里，而每一次的选择又确确实实是一种历练与提升。

当然，人生的选择也如同开车一样，经历越多越会谨小慎微。而路上开车生猛的，往往都是新手，老手从来都是四平八稳，不轻易超车，更不会超速。这即说明：时有急缓，关键在于"把握"；事有大小，关键取决"认知"。而认知与把握，无疑是决定人生选择的关键。

人与人，终究还是不一样的。尤其是构成这种不一样的人性要素，既有"本我"的东西，也有历经生活沉淀所形成的东西。比如说：

有的人，看似八面玲珑，干什么都进退有度，但是，这种人的过人之处，往往不在于表面的"会做人，好处事"，而在于他们做事非常精细，看问题同样非常精细，也正是基于这个"细"字，他们才会玲珑剔透，融通谦和。

有的人，看似豪爽大气，走到哪里都有一股雷厉风行、睥睨千军的气概。但是对于这种人，同样不能以其外表来判断。这种人往往最擅长划定条条框框，并且会制定一套与之对应的限制措施，并且这些措施环环相扣，稍有越界便会让人难以招架。也正是基于如此"粗"字，他们才会大开大合、收放自如。

还有一种人，特别擅长利用人与人之间的妒忌、猜忌、疑惑等类东西来凸显自己，这种人整治他人大都不自己出面，而会利用各种牵扯关系来治衡他人，只有待到几方斗罢暂无奈之时，才会出面坐收渔利。而正是基于这样一种"精"明，往往应急工作看不到他们，任务执行找不到他们，但是时时处处又好像都有他们的影子。可以说，"少吃气，不吃亏"才是他们的真实写照。

那么，怎样看待上述人等之本质？实际上，怎么看，不重要；怎么防，没必要。最为重要的是，在做好真实自己的基础上，要懂得生活磨炼、善于生活历练，唯有让自己的经历更多一些，才会不做人性的奴隶、不受环境的影响，进而经得起压力、惹得起烦恼，让自己的生活弹性更大一些。让别人的生活没有弹性，那叫强势式的压迫；让自己的生活没有空间，那叫弱智式的无能。如此说来，自己还是要有决定自己的能力，离开了这个，想快乐都没有可能。

说起来，"人"的构架就像一个圆规，欲划大圆自然要放大半径，而掌控划圆的平衡动力则在自己手里。所以，迈不开腿的事情一定不要做，动不了手的情绪一定不要有，大凡无助于规则的情绪，都应远离才好；大凡无助于规则的行动，都应放弃才对。

一个人若想有所成就，一定要不怕得罪这样五种人：一是对于得寸进尺的人，要坚决说不。二是对于以自我为中心的人，要直面斥之。三是对于二面三刀的人，要及时远离。四是对于落井下石的人，要直接断交。五是对于充满负能量的人，要保持距离。

有时候，我们通常会发现，当想要归纳总结工作亮点与生活特点的时候，竟然会那么容易，居然可以信手拈来抒写很多。这个时候的我们，或许会被自己的表现吓一跳，也会从中恍然意识到，这走过的时光虽然比较平凡，但却没有一丝一毫的荒废，那些本来自我的个人秉性，悄无声息地发生着蜕变，而每日环绕自己的那些工作外力、环境气息也悄无声息地渗透进了自己的骨子里，恐怕这一辈子都甩不掉。

其实这叫什么？这就叫出彩的人生；这也叫造化，更叫幸运。因为人生正是基于这样一个过程，才能接续，才会丰满，才将有所收获。

现在有一个流行的说法，叫相马不如赛马。确定如此，因为相马看不到本质、赛马才见真知。况且，赛马少不了摔打磨砺，而所谓的摔打磨砺，其实就是要让那些人才自己一步步地往前走，既不揠苗助长，也不人为提携，更不为他们大开方便之门。只要前途命运掌握在他们自己手中，并且能够通过自己的努力一步步地上进，他们必将会受到器重。

其实，处于当今时代，学知识容易，经受人生阅历不容易。知识不懂可以学，可是人生的阅历却只能风风雨雨自己去闯、自己去领悟，而这一点，恰恰是人才培养之必需。当然，根基太浅，可以历练；人脉太薄，则需提携。所以，一个人，若是既能个人努力又有伯乐相助，那自然是再好不过的事情了。

志当存高远，志不立，天下无可成之事。此言甚好，既有正能量，又能让人不容易满足。当然，悟性也很重要，说到底，悟性就是审时度势的大局观和拨云见日的眼光，这显然需要常学习、常研谋、常思考、常历练。如果有机会得到高人指导，那自然会有着更好的帮助作用。

知识学习总是简单的，真正难的是历练和阅历。因此，干部提拔切不能揠苗助长，因为揠苗助长的干部，在顺风顺水的时候，看似干事冲、干劲足，看不出多少毛病，而一旦遇到困难与问题，很多时候都会惶恐失措，不知如何是好。所以，可堪大任需历练，德位相称才自然；揠苗助长看似快，急突之时必枉然。

有一句话说得好，人的技艺唯有通过时间才能磨砺出来。确实，只有经历了，才知道滋味；经历，永远都是人生最为宝贵的财富。

比如说，久居商场之人，往往会对人与人之间的交往分寸拿捏得很准。其实，在这种分寸把握的背后，无外乎是对人性需求把握比较到位，因而才会既不过分又不缺失，就是在让人感觉比较"合适"这个界限上跳跃，所以，他们的交往效能大都比较显著。实际上，真正懂得人际交往的人，必是知道哪些话应该怎么说，哪些事应该怎么做。而人与人的差别正在于：有些事儿要懂得放在心中去琢磨。总归自古失败都因自傲与多言，所以，学会如何体会，真正体会透彻，才会成为人际交往的高手。

人生，就是要在摸爬滚打中前进，摸了双手泥，才叫接地气；滚了浑身水，才叫有意义。尤其对于那些重大的人生道理，一定要体悟而不仅仅只是感悟。因为感悟不太真实，只有体悟到了，才会有着真正的切身体会。世间许多事情，只有身在其中，才解其中之味。

当然，也正是因为体味之不同，才让我们对于人生的感觉常常会产生一种时间上的扭曲。比如，小时候我们总盼望长大，而长大之后又不愿变老，变老以后又总回忆过去。这实际说明，人生就是过山车，到了顶峰之后，就是飞流直下，转眼也就老了。而这又反过来说明，人生诸多事情都要靠体悟，这就和开车是一样的道理，看着别人怎么开是一回事，只要自己没有学过，那一定会一上手就感觉紧张。

有时候，错误并不是错在事情，而是待在了一个比较敏感的位置上。一旦有的问题涉及某个人所处的位置，这个人也就有了错误。所以，人不仅仅就是人之个体，还包括应该履行的职能。

实际上，对于每个人而言，人生之过程都会或多或少地发生一些错误。这些错误，若是为公，他人尚能理解；若是谋私，在他人的心里便会很难抹掉。所以，生活没有假设，更不要奢望回头再来。能否把每一步都走得正确，才是至关重要的人生哲学——而这，不仅需要谋定而后动之智慧，更是需要无我向上的追求境界。可惜的是，作为我们普通人，很少能够具有这样的智慧与境界，也常常不会意识到自己的思维与行为存在错误。因而，便会经常出现"稀里糊涂说真话，自作聪明做坏事"的现象，进而也就难免受到打击。

我们都不是圣人，所以，没有谁会在生命的开始，就能把人生悟透，就能把生活看穿；但是，我们却不能远离圣人，因为这世事的纷繁百味，这生活的沉沦迷醉，这岁月的千载迂回，需要我们觉醒，需要我们活得更有价值，需要我们基于思想来塑造自己炽热的双手，去调节生活的情感、触摸岁月的温暖、感知人生的心念。

有这样一种我们都很熟悉的场景：凡是具有一定历史的高校校园，都会有着许多上了年头的老树，它们不仅高大威武而且遮天蔽日，往往让人一看便会产生一种历史沉淀的感觉。除此之外，很多地方又布局了许多既文润又精致的花园，这便更加能够衬托出校园的宁静与清雅，进而让人一看便能感觉出是做学问的好地方。

可是，未必宁静之地就有清静之心。处于当今校园中的许多人，看似埋头读书、苦做学问，实则：十年寒窗心不静，好高骛远成主观。岂不知，理论精于实践、认知高于生活，对此不下些苦功夫，何谈能够明理增信？又何谈能够崇德力行？况且，通过书本上掌握的智慧，终究与着生活实践有着很大差距。所以，也就让校园当中的有些人，养成了眼高手低的习性。

实际上，这就如同校园内的大树一样，虽然看似根深叶茂、高大威武，也好似站得高望得远，但也仅仅只是远远观望而已，而对现实社会的了解犹如镜中花、水中月一样，既不现实也不真实。所以，知识不仅仅是"知事"而是为了"执事"，"一克实践远比一吨理论更重要"。

现今的知识分子应该多有傲骨、远离世俗。尤其要像老一辈的知识分子那样，心中有信仰、肩上有担当、脚下有追求，轻易不会与世俗为

伍，而通常会以铮铮风骨立身处世，才会让人尊重、引人敬佩。

实际上，一个民族或国家进步的阶梯，正是知识分子的坚强脊梁。而这种坚强的支撑，当然不能仅仅通过"理性适应"来实现，或多或少需要一些"理性征服"精神。也只有多一些批判性思维，多一点对未来需求的想象，多一些对现实需求的超越，才有可能获得更多的原始创新、颠覆性创新。

第五节　善为至宝深深用

相由心生，境随心转。与人为善者，人以笑脸相迎，能得人心而胜；与人为恶者，人以尔虞待之，终将众叛亲离。

多少年不讲借景生情这句话了，也好像生活阅历越是丰富，这种带有活力的情绪也就愈加淡化。其实，还是陷入事务、沉于世俗太久了，也确实少有机会到大自然中净化自己。岂不知，大山无言，却能感染自己对生命认知更加清晰；江海有情，更能激发自己对使命追求加大引擎。

现代文明似乎让我们都忘记了这样一个道理：原生态的景、原生态的情，不忘初心，方得始终。

儒家之修身、齐家、治国、平天下，是有一定次第关系的。那么，这其中的哪一个才是人生最为重要的方面？其实，人生天地间，最首要的事情应该是"基于修身先正心"，也就是树立内心的信仰和道德观。而这，虽然可以通过不断学习来获得，但是，后之学习不如前之传承，而传承之本在于家风。

但是，家风之正在于齐家，齐家之要在于修身，修身之基在于正心。所以，先立心、后做人，方为正道。

常言道：鸟随鸾凤飞腾远，人伴贤良品自高。其实，人的品格修养，与地位、知识、财富等因素没有多大关系。比如现实生活中的有些人，既没文化也没地位，但是他们凭借仅有的淳朴和单纯，便会让人肃然起敬。

说起来，这类人的世界非常简单，也就只是觉得对人要好、做人要厚道；别人稍微看得起他们、帮助过他们，他们便会将其当成亲人甚至恩人看待。而且在这个过程中，一切都是那样真实、平实，让人从内心觉得舒服。实际上，他们能把人生、人性涵养到这种境界，显然比那些看似有地位、有文化、有财富的人，要高尚得多。

"首孝悌，次谨信。泛爱众，而亲仁。有余力，则学文……"这段话，其实讲述了"先做人，后学文"的道理，概而言之就是说，要德育在前、知识在后。一个没有道德和素质的人，学问越高、才能越大，对社会的危害就会越大。

说起来，圣人以道为宗，君子以德为本，即便在今天都是具有现实意义的。因为德不立、品不正之人，根本不可能很好地修学治身、理政于民。正所谓：德是方向，才是能量。一旦方向缺失，能量越大，可不仅仅只是危险性越大，破坏力也会随之加大。所以，读书虽为成名，究竟德高品雅；为善不期获报，自然梦稳神清。人行善，福虽未至，但祸已远离；人行恶，祸虽未至，但福已远离。人，还是当以立德行善为要。

真诚，确实是最打动人的。但是，真诚绝非仅仅是发自内心的表白，更不是有什么说什么，把自己的思想完全暴露出来。那么，何为真诚？正确的解释应该是：真心实意，坦诚相待，以从心底感动他人，来最终获得他人的信任。而从这个解释来看，真诚之于内心，在于"纯净无私"；真诚之于外形，在于"真实无虚"，如此才能心怀坦荡、正直率真。

可是，通过上述解释我们也能看出，真诚之本意已经把看似最为简单的"本我"之态，进行了无私的洗礼，强化了境界的要求。就此，曾

国藩曾对"诚"下过这样一个定义：一念不生是谓诚，故"诚于中，必能形于外"。这实际上是对真诚添加了"坚守如一"的概念。而如此一说，显然与无私之境界有着很大关系，也进而说明：抱守自我的真诚，不叫真诚；唯有基于"大化之心"而展现自己，真诚的力量才会无远弗届，源源不断。

《道德经》第七章中有这样一句话："天地所以能长且久者，以其不自生，故能长生。是以圣人后其身而身先，外其身而身存。非以其无私耶？故能成其私。"意思是：天地所以能长久存在，是因为它们不为了自己的生存而自然地运行着，所以能够长久生存。因此，有道的圣人遇事谦退无争，反而能在众人之中领先；将自己置之度外，反而能保全自身生存。

由此看来，心底无私天地宽，是一句实实在在的人生格律。能持守于此者，必会人生无碍、安然自在。

子曰："君子道者三，我无能焉：仁者不忧，知者不惑，勇者不惧。"从这段话可以看出，对于君子的三条标准，孔子都做不到。那么，我们怎么看待这三条标准呢？其实，能够做到这三条标准确实太难，但有一条应该不难做到，那就是孔子所说的另外一句话，即"君子矜而不争，群而不党"，也就是像君子那样庄重谦和、平易近人。

实际上，人之忧，内心之坎；知之惑，思想之沌；行之惧，胆识之困。只要守正包容、谦虚谨慎，就没有摆脱不了的矛盾，也没有克服不了困难。

按说"处事者不以聪明为先，而以尽心为急。不以集事为急，而以方便为上。"（宋《官箴》中语）但是，职场之上通常的弊端却是：八面玲珑、处事圆滑，常常会赢得较好的口碑。

实际上，口碑易得、尊重难立，口碑不等于尊重。而只有那些公正无私，不以私利废公心，凡事从原则出发，不讲私情、为人清廉的人，才能真正赢得人们的尊重。

"雪中送炭"永远比"锦上添花"让人记得久远。只不过，具有"雪中送炭"意识的人却不很多，这当然不是取决于投入成本有多大，而在于人们大都比较现实。加之"雪中送炭"可能存在风险，因此，便会让人更加小心而不会全力以赴。

岂不知，在别人困难的时候，若是能够给予力所能及的帮助，往往会让人记忆深刻、铭记于心，而由此得到的回报也自然大不一样。即使不图回报，也具有较高的道义价值，并且因此而形成的口碑，哪里是"雪中送炭"可能遇到的那点风险可以比拟的？"君子万年，口碑载路"，此乃人生最重要的价值体现。

"宽则得众"这句话的意思是，只要待人宽厚就会得到众人的拥护。就此，《论语·阳货篇》中是这样讲的：子张问仁于孔子。孔子曰："能行五者于天下，为仁矣。""请问之？"曰："恭、宽、信、敏、惠。恭则不侮，宽则得众，信则人任焉，敏则有功，惠则足以使人。"具体解释是：子张向孔子请教什么是仁。孔子说："能将五方面推行于天下，这就是仁啊。"子张又问道："请问哪五方面？"孔子说："恭敬、宽厚、诚信、敏速、恩惠。恭敬就不会受侮，宽厚就能得民心，诚信就能获得人之倚任，敏速就能获得成功，施恩惠就能领导别人。"

由此可见，恭、宽、信、敏、惠，无疑是为人做事的很好法则。而反之来看，如果一个人经常对别人傲慢、对别人偏见，反过来别人也会以同样的方式对待于他。而最终的结果，那一定是这个人要以自己的力量来对抗所有人。

"君子远庖厨"是何道理？其实，很多人错解了这句话，误以为做大事的君子和堂堂男子汉应该远离厨房，而女人才是厨房的主人。

其实，孟子的原话是："君子之于禽兽也，见其生，不忍见其死；闻其声，不忍食其肉。是以君子远庖厨也。"这实际上是他对齐宣王不忍心杀牛的评价。另外，"君子远庖厨"这句话也不是孟子原创的，而是出自《礼记·玉藻》："君子远庖厨，凡有血气之类弗身践也。"就是说，凡有血气的东西都不要亲手去杀它们。而汉代贾谊在《新书·礼篇》中引述了孟子的话后说："故远庖厨，仁之至也。"这说到底就是把"君子远庖厨"作为仁慈的品德加以提倡。

发出爱，才能吸引爱。罗曼·罗兰说："灵魂最美的音乐，是善良。"其实，纵观人间美好无数，唯有善意和爱不可辜负；并且，善良就像是一场轮回，生命中的我们所付出的善意与爱，都会以另一种方式归来。

当然，善良之因果不在于回报，更不能仅仅局限于回报。就此，某部影片中有这样一句台词："善良从来都不是为了什么回报，而是发自内心的选择。"这就像梁晓声所说的："善良不是刻意做给别人看的一件事，它是一件愉快并且自然而然的事。善良自有心知，人好不好，一时看不出来，时间长了，真相自会大白。"所以，我们对别人的好和善意，实际上最后成全的会是我们自己。这就如同吸引力一样——我们付出的善意，会在我们身边汇聚成一个磁场，吸引到生活里更多的爱。

与人为善，则福气自来。处世之道，并不是一种冷冰冰的关系哲学，而是一种有温度的人情哲学。比如说，有些人干什么事情都会人气旺盛、许多人为之捧场，原因就在于他们在充分利用各种资源优势的时候，并不全是为了自己，而是懂得为他人着想。说到底，这就是懂得退让与舍得的聪明之道——宁肯让对方多得一些，也不会"用人靠前，不用人靠后"，一味只顾自己的利益。

总归谁都愿意与大方之人进行合作，而大方之人看似明面上吃了亏，实则得了他们便宜的人都会对其另眼看待，进而让他们落个识大体、懂事理的好印象，久而久之，便会有更多的人愿意与他们合作。因此，属于他们支配的关系网就会慢慢形成。

考察一个人是否可靠，古人有一种简单方法，那便是：派其去"很远"的地方办理一件"很小"的事情，若是这个人能够一丝不苟、毫无偏差地完成，则代表这个人比较可靠；如果这个人马马虎虎、委以应对，那代表这个人不太可靠。

其实，这种方法主要考察的是：人的"远与近的一致性"。而如此之考察场景，实际上在现实生活中比比皆是。比如，在不被人注意的

岗位上默默工作，在不被人重视的职责上勤勤恳恳，在不被人待见的业务上任劳任怨……以上这些，即体现了人的"远与近的一致性"。看起来是一种"远"的状态，实则是以"近"的显形去考究人性。所以，智慧型领导大都会与属下保持一定距离。实际上，这并不是简单的脱离群众，而是有意创造一种距离，也往往因为有着这种距离，反而能够看清属下的为人与工作态度。

第三章

及观标格过于诗

吟竹诗含翠

犹有花枝俏

要看银山拍天浪

最是橙黄橘绿时

第一节　吟竹诗含翠

心有多大，舞台就有多大。心中常怀大局，正确把握大势，坚持服务人民，注重涵养大气，舞台就会宽广无垠，人生也将璀璨绚丽。

　　人的发展，归根到底离不开一个规律，那就是：短期拼机遇，中期拼能力，长期拼人品。这就是说，人的成功刚开始要靠机遇，但是到达一定阶段就得靠能力；要想长期立于不败之地，就必须要有过硬的人品，否则一定会走向失败。同样的逻辑，企业发展也有一个规律，这便是：短期拼营销，中期拼模式，长期拼产品。也就是说，企业的成功，刚开始往往需要借势营销，站在风口上；但是到了一定阶段就得靠模式，模式必须要与时俱进；而要想能够长远发展，最终需要有过硬的产品，否则一定会经营不下去。

　　概而言之，也就是：机遇需借势，借势如随风，随风起步快，但却不能飘；模式乃构架，核心为做大，欲求真做大，当防空心化；产品能过硬，企业才稳定，而要真过硬，唯有靠竞争。

　　实际上，以上两个规律告诉我们这样一个道理：一切竞争，归结到最后都是"人品"和"产品"的竞争。人品代表了人的价值观，产品则代表了企业的价值观。

　　位置决定想法。一个人坐在什么位置，往往决定了这个人的思考角度和思想范畴。因此，作为领导干部，在面对复杂问题的时候，如果能够体现出大局观之强，思维深度之深，战略站位之高，尤其能够一针见血地看到问题的根源所在，并且能够拿出解决之策，那一定会比较容易赢得群众的认可。

客观地讲，居于领导这个位置，不是有能力、有才华就能胜任的，还必须要有智商、情商，特别是要具有政治意识，否则，就容易把事情做偏，也容易陷入事务而不能自拔。所以，欲想领导有方、被群众拥护，一定要谋略高于谋事、用心多于用力，如此，方能有格局、会策划，进而善做善成。正所谓"一阴一阳谓之道"，这其中的道理就在于：阴，是谋划；阳，即做事；阴阳结合，方能成事。

对待问题，一定要基于格局去分析、基于定位去研究、基于担当去破解，唯有如此，才能把自己的胸怀展现出来，也会让自己的工作技巧高超起来。

但是，在面对问题的时候，年轻人往往会因为年轻气盛而丧失理性，而成年人也同样会因为人性使然而丧失理性。因此，在很多时候，我们或许应该做一个冷眼旁观的隐者，跳出职场上的种种博弈，以旁观者的姿态去研究我们所处的领域，便会比较容易把生活乃至工作中的细微之处看得比较透彻。这叫什么？这实际上就叫"格局"。

当然，仅仅看透小事，终究还是格局太小、应景浅对，并不代表能看透各种现象背后的根源。况且大凡属于根源性的东西，皆是大繁若简、大道若拙，甚至就是那些察不觉、知不道、在眼前、常舍弃的东西。而对于这些，自然不能缺乏实事求是的研究，也不能缺少解放思想的分析。

身为一名干部，绝对不能只把眼光局限在体制之内，因为体制内的圈子毕竟还是有限的，而整个世界却是无限的。所以，要想眼光长远、谋事稳健，就必须要有大的视野、大的心胸格局，学无边界、干无止境；要懂得进退、敢于取舍，唯有如此，才能走得更远。

人就是如此，只有站得高才能看得远；也只有到了一定的层次，才会懂得章法、善于借势——自己擅长什么，别人擅长什么，不仅心中门儿清，而且进退有度。并且也只有到了一定层次，才会善于用人，善于用别人的智慧来为自己服务。所以，开放包容、纳新吐故，是提升人生格局的必由之路。

作为领导者，一定要有长远的眼光与容人的肚量。因为只有具有容人之量和长远的眼光，才会给属下提供大力支持，也才会让属下创出更大的成绩。

古人有云：上医医国，中医医人，下医医病。又说：治大国如烹小鲜。这说明，一个人是否具有治理才华，关键要看是否具有胸怀全局的格局和运筹帷幄的手段。而基于这样一种素养定位，也就决定了对于人才的评价切不能用狭隘的观点去看待。其实，且不说"狭隘于己，则困；狭隘待人，易恶"，即便是按照个人的标准评价人才，都会有着很大的局限性。

领导者最主要的职能在于：想问题、做决策、办事情。而想问题之关键，是要聚焦矛盾、明晰方向；做决策之重点，是要深入实际、精准判断；办事情之必须，是要干事担事、有所作为。

比如说，现今的许多改革都是深水区的探索，如何走出正确的一步，很关键，不仅需要研究分析，更是需要胆识决心。所以说，真正有

格局的人，不仅仅是一个具有智慧的人，更重要的是能够识他人所不识，并且敢于实践的人。

智慧而又高明的领导者，往往在开会的时候，体现出这样两种完全不同的方式：与基层人员开会，先谈未来，再谈现状，最后谈解决问题意见；而跟高层人员开会，则先谈问题，再谈危机，然后再探讨解决问题的方案。

因何如此？因为：基层人员的思维，注重的是"对我有什么好处"；中层人员的思维，注重的是"对谁有好处"；高层人员的思维，体现的是"为何有好处"；而决策者的思维，侧重的是"有没有价值"。这即说明，人在不同位置，即便是思考同一个问题，其切入角度与关注点也不一样，而人心则是决定它们的关键。所以，大凡任何事情，唯有基于人心去运作，才能最终取得良好的效果。

真正科学有效的领导与决策，是绝对不能照抄照搬的。因为每个国家与地区、每个企业与组织的情况是不一样的，加之处于瞬息万变的国际国内形势，尤其是全球新冠肺炎疫情导致的裂变，使得"世界循环系统濒临碎裂，国际产业链条濒临断裂，全球治理机制濒临破裂，区域合作框架濒临分裂，大国战略冲突濒临决裂"，如此一来，更是不能照抄照搬别人的东西。所以，在过去，我们还可以有着模仿与效仿的空间，而在今后，"由顺风顺水变为遭遇逆流"是其必然，唯有想办法在制度上、从根本上去解决问题，才有可能促成换发活力的新形态。

当然，市场要国际化，资本要国际化，企业要国际化，这都没有任何问题。但问题是，不能盲目地国际化，不能野蛮地国际化，国际化更不是照搬套用。每一个国家的市场都是基于本国国情确定的，要想保证整个市场的运行规范，就必须着眼于制度来维护、着力于发展来巩固，进而依靠自己把自己的事情干好。否则的话，只能让自己而没有能力成为自己，最终导致"人为刀俎、我为鱼肉"的困境。

在重大问题的决策上，之所以要进行顶层设计，是因为这样可以站得高、看得远，进而能够由此推彼，能够发散体系，能够高屋建瓴。所以，千万不能将顶层设计之定位，放到比较局限的层面，更不能忽视基层调研的广度与深度，唯有博闻广见、系统统筹、聚焦关键、超前谋划，方能让顶层设计之规划具有真正的指导意义。

那么，在决策的执行上，为什么会出现因人而异的问题？看起来，这似乎与人的能力有着直接关系。其实，能力的大小仅仅影响执行的力度、推进的幅度，而人的认识，才决定执行的方向、落实的效果。有时候，执行上的事情就好比打牌一样，该你的时候，你必须出牌，但是如果犹豫不决甚至随意打出一张牌，最终的结果当然也就可想而知。所以，执行问题之关键，主要取决于认识问题的解决。这就好比"妙笔生花著文章，妙手推动成大事"这句话，上句之"妙"，取决于格局；下句之"妙"，则需要胆识。而要二者兼备，当然需要把提高认识放在首位，如果认识上不去，那只能会"乱笔编文章、滥手败大事"。

无论是城市规划还是企业战略，一定不能仅仅基于局部的点面来谋划，而是站位要高，进而把"我们正在干什么、我们要干成什么、我们

应该怎么干、什么引导我们去干"这几个问题搞清楚。

比如，就城市规划来讲，一定要统筹考虑到以下几个方面：第一，整个城市的战略定位是什么？是一个二线城市还是一线城市或者是其他？第二，有没有把整个城市的发展战略与国家层面的战略相互融合？有没有根据国家层面的战略来考虑整个城市的战略定位？有没有考虑把整个城市的发展规划与全球化背景下这个城市能够做些什么联系起来？有没有竞争优势？第三，一旦确定了战略规划，有没有考虑在落实过程中如何提升整个城市的吸引力、竞争力和影响力？有哪些具体的措施？第四，有没有考虑城市与城市之间的竞争？如果与其他城市的规划目标趋同，那么，如何面对这种竞争？面对这种竞争，我们的软实力是什么？我们的硬实力又是什么？第五，有没有考虑城市规划与现状经济的关系？有没有考虑城市规划过程中所面临的城乡一体化的问题？如何把国家城镇化战略与城市规划结合起来？第六，一个城市怎样才能广泛地被外界所熟知？比如说北上广等城市，为什么它们的知名度比较高？我们的城市凭借什么创造知名度？我们城市营销的魂魄在哪里，精华在哪里？把什么作为城市的名片？

其实，城市规划的道理同样适合于企业，只是大小不同、内涵有别、布局不同而已。其核心内在类似、方向把握雷同、构建思维一样。不论盯的是"百年老店"（企业发展），还是瞄准的"千年古城"（城市建设），它们都是聚焦于解决生命力的持久性问题。

金一南之"胜者思维"是很有道理的。任何事情若是不持有胜者思维，那一定不可能进步，也不可能发展。实际上，胜者思维是战略思维最为基本的核心与关键。甚至应该说，只有战略方向是正确的，细节才能决定成败；反之，如果战略方向是错误的，而仅仅战术成功（细节成功），并不能改变战略走向成功，甚至会推动战略更加失败。

干工作，其实有着主动与被动的差别，并且效果是完全不一样的。虽说主动者与被动者常常做功一样、路径类似，但是，其最终的业绩评价，则会有着本质差别。

何至如此？一句话：被动工作，仅仅是把自己作为工作的棋子，而主动工作则是把自己作为工作的棋手。之所以会产生不一样的效果，实际上与人的智商没有多大关系，而是与人的思想有着很大关系。所以，人生之输赢，不取决于智商，而取决于思想。

"修养"二字不能只是修养，关键是要提升格局，唯有拥有一定的格局，才会将人性纳于其下、融入其中，进而表现出沉稳而又开合的人生。因而，生活当中，我们最应该学会"用格局而非用性格"去处理问题，什么叫睚眦必报、以牙还牙？什么叫箭在弦上不得不发？难道只有一味地争斗、一味地针锋相对，才能把事情处理好？其实，这都不过是同维度对抗而已，如此一来，就有可能用一个错误的方法去处理一件本来就错误的事情，从而导致错上加错。因此，做人做事，理应圆融一些为好。在没有必要的情况下，还是不能太过随性而为，而要心胸宽一些，气量大一些。做事和考虑问题多注重大局，才是非常重要的。

能够真正懂得这五句话的人，大都具有比较高的人生格局：第一，不

要做打牌人，而是做看牌人。第二，不要做想做的事情，而是做对的事情。第三，不要用道理改变人，而是用实证。第四，不要太相信自己，而是相信正确。第五，不要蛮干，而是看清方向。

以上五句话无外乎说明了这样一个道理：思路决定出路，格局决定结局。而真正成功的人，大都懂得这个道理，并且能够基于这个道理形成决策力。大凡不具备这种能力的人，一般是很难成功的。

第二节　犹有花枝俏

牡丹雍容华贵，腊梅斗霜傲雪，百花园中谁为王，万紫千红皆是春。只要发挥出自己的特色，每个人都能成为最好的自己。

不论做事情还是干事业，一旦定位于自我修行、自身成长，便会很容易激发内在动力，进而也就不怕困难、愈挫愈勇，最终自然会取得成功。

而如果仅仅是为了外在的一个结果、一种成就、一份荣耀，则一定会透支生命的能量，进而越做越艰苦、越干越纠结，而其最终的结果也就可想而知。

《人性的弱点》一书，有着很多为人处世的智慧。在书中，戴尔·卡耐基以他对人性的独到洞察力，教授人与人相处的技巧。尤其是书中介绍的15条社会定律，不仅值得品味，而且具有启迪意义。

第一，错误定律：他人全部都不对，那便是自身的错。第二，效果定律：在伤疤上流泪与在伤口上撒盐，实际效果是一致的。第三，嫉妒定律：大家妒忌的通常并不是外人的事业有成，反而是身边的人事业有成。第四，方圆定律：人不可以太方，也不可以太圆，一种会伤人，一种会令人防范，故做人要椭圆。第五，口水定律：假如你红得令人淌口水，关于你的口水便会多起来。第六，风雨定律：感情经得住风吹雨打，却经不住平平淡淡；友情经得住平平淡淡，却经不住风吹雨打。第七，成就定律：假如你没有成就，你也就会因为平凡而没朋友；假如你有了成就，你却也许会因为优秀而失去好朋友。第八，馅饼定律：当天上掉下馅饼时，当心地上也有一个陷阱在等你。第九，错误定律：大家平时犯下的最大错误，是对外人太客套，而对亲近的人太严苛。第十，评价定律：无须惊讶他人如何评判你，想一想你是如何评判他的。第十一，葱蒜定律：太拿自身当根葱的人，通常尤其擅于"装蒜"。第十二，流言定律：流言是写在水上的字，终究不持久，可是又散播飞速。第十三，害怕定律：生手怕老手，老手怕顶级高手，顶级高手怕失手。第十四，傻瓜定律：把别人都当傻子，那必须是自身傻到了家。第十五，难过定律：为了你的难过而愉快的，是敌人；为你的快乐而愉快的，是好朋友；为了你的难过而难过的，便是那些该放入内心的人。

性格决定命运。一个人，若是性格很好，又喜欢广交朋友，这样的人大都会人脉很宽、口碑不错，进而会招致很多人的刻意维护。实际上，生活当中就是存在这样一种人，即便初次见面，也好似让人感觉认识了很久，宛若老友相聚一般。这样的人，如果再具有一定的才华，那无疑会闯出一片天地。

其实，就人的性格而言，有一种类型最让人难以理解，这便是：无欲无求。且不说无欲无求有没有人生价值，即便是个人的一种心态，那也一定会导致自己没有什么活力。实际上，大凡是人就难说没有欲望，只不过能否克制而已。而遇到问题有条件要求、碰到事情有情绪反应，反而让人容易应对。况且，每个人都有一定的价值与作用，能够发挥价值与作用，便代表了这个人还有能力。而唯有有能力的人，才不会被人遗忘。所以，基于社会化的生活特点，虽说"精神的安宁是幸福的构成基础"，但是人的性格还是应该体现出积极的一面，总归：人生最美好的东西是发现自己，认识自己的价值，让自己过得开心快乐。

叔本华有言：认知＋性格＋动因＝结果。其实，这其中最难改变的还是性格，若是性格能够基于环境的改变而改变，那自然可以改变命运。就此，诸如有着改革开放之前生活经历的人们，通常会发现：生活在有山有水地方的人，大都民风淳朴却又比较开放，他们极其喜欢自主创业；而生活在一马平川的人们，却往往谨小慎微、观念陈旧，他们喜欢土里刨食，而较少考虑除此之外的生活之道。

何致如此？难道人的性格真与生活环境有着很大关系？实际上，有个日本学者还真是这样说过——环境造就人性。若是如此，再联想到环境的特点，我们或许可以认为，在"仁者乐山，智者乐水"之背后，应该加上"勇者乐坎"这句话。坎，起伏变化之地，人们在常经惯历这种地方之后，或许还真会在灵魂深处形成一种不怕困难、敢于改变的基因。

人生最大的运气，不是捡钱，也不是中奖，而是有人可以带你走向更高的平台。因为：穷人只会教会你如何更穷；牌友只会催你出牌；酒友只会催你干杯；而成功人则会教你如何成功。限制人们发展的，不是智商学历，而是所处的生活圈子、工作圈子。

何为贵人？其实就是开拓你的眼界，带你进入新的世界的人。所以，明天是否辉煌，主要取决于你今天正在选择融入一个什么样的人文圈子，圈层越高，帮助性越大；圈层越低，增益性越小。实际上，就人文智慧而言，最简单最直接的表达，才是最高效的；而任何遮遮掩掩的表达方式，即便看起来很全面、很系统，实则不过是信心不足而已。而圈层的高低，往往在这个方面有着明显的差别。

什么是人文？人文就是一种植根于内心的素养，以承认约束为前提的自由，一种能设身处地为别人着想的善良。它关乎公平、正义，并且就在我们日常生活中，就在人和人的关系中。

所以，如果哪个人感觉自己很有智慧与文化，不妨基于这样四句话来进行表达：植根于内心的修养；无需提醒的自觉；以约束为前提的自由；为别人着想的善良。若是做不到，那就最好把那些不该说的话放在心里而不要说出来。

实际上，一个人最终能达到的高度，决定因素是他的眼光和胸怀，其他的都是细枝末节，根本不重要，而当细枝末节的东西太多的时候，便是舍本逐末了。所以，就领导干部而言，越是在得心应手的时候，越是需要交流，这不仅会让他们清醒一些，而且有助于他们换个视角看问题。不然，老是一头扎在熟悉的环境里，看似能力表现比较不错，实则根本不能站在更高层次来看问题，纵然可以做出一些成绩又有什么意义？正所谓"拾得芝麻，丢了西瓜"，这样的做法，不仅不能鼓励，而且需要警戒，需要尽快通过调整来加以改变。

干部干部，先干一步。可是，"干什么、怎么干"，在不同人的心里却有着不同的概念。因此，也就造就了现今的干部存在以下四种类型：第一种，不说不做。这种干部类似于透明人，平常好事想不起他，坏事也轮不到他，基本上属于可有可无的角色。第二种，只说不做。这种干部就是光会做表面文章，口头上的漂亮话说得顶呱呱，但真正落到实处的很少。凡是领导交代的任务，不管完成的情况如何，汇报时肯定谎话连篇、夸夸其谈。第三种，又说又做。此类干都有一定能力，也能完成不少艰巨任务。但是喜欢提条件、讲困难、爱宣传。第四种，只做不说。就是埋头苦干，做出成绩也不爱宣传，只默默奉献，从不要求回报。

所以，对于干部的培养与教育，既是组织责任更是政治责任。一定要让他们清楚地意识到自己的缺点是什么，优点是什么；也一定要让他们知道，作为一名领导干部，永远不是通过念稿子来体现水平的。毕竟，照着秘书写好的稿子念，谁都会念，只有在脱稿的情况下，在各种突如其来的问题面前，一个领导的真实水平才能显现出来。领导干部可堪大用之关键，就在于"信念坚定、对党忠诚、实事求是、担当作为"，而对此体现的怎么样，反过来更是能够显现出一个领导干部的真正素养。

当下，我们面临着许多依靠现有知识而难以解决的问题，并且这些问题又常常是我们很多人没有意识到的。比如，作为城市经济乃至区域经济的发展定位，其核心在于"特色"，只要把握住"特色"两个字，才有可能成为一方极有潜力的典型。

可是，打造特色并非那么容易，这不仅要基于实事求是的调查研究，进而从资源优势、区位优势、传统优势、人力资源、基础特点等诸多方面找到某种逻辑，而且要基于国内与国际循环的大空间去寻求各种可以对接的链条，然后，再以"当下"为基点、"吸引"为方向，少图眼前利，多谋长远计，少说不能为，多想怎么干，最终才会聚沙成金、集腋成裘，形成高质量的发展布局。

由此可见，要想解决这一系列问题，只有通过"思想的超越"与"智慧的碰撞"加之"精益求精的系统谋划"，才有可能得以实现。而这显然已经突破了现有的知识领域，也显然通过已有经验无法驾驭，是需要跨部门、跨学科、跨领域、跨专业进行综合考量的。并且在这其中，文化与生态的研究，必将有着十分重要的作用。

再比如说，在我们国家的各个城市，存在着大量退休且又富足的群体，这个群体已经到了颐养天年的年纪，但是待在家里非常憋闷，自己出去儿女又不放心。所以，如果能在城市周边规划建设一些能够融合中医治未病、中医调养、中医养生、零距离社交、游山玩水等诸多康养概念的养老城镇项目，一定会吸引这个群体的注意力与购买力。

当然，决定康养项目能够成功之关键，主要取决于服务品质。而在服务品质当中，医养服务最为关键，因而也就需要在中医人才引进上下功夫。由此，也便不能单纯注重商业模式的构建与运营，而是应该创新建立名医长驻与网联诊断等形态，如此这样，才有可能让医养服务成为真正特色，而不仅仅只是一种可有可无的功能。

现今我国政策之变的重要特征，便是"共同富裕"四个字。由此，国家已经开始通过削峰、填谷、打通等方式，来解决财富结构的不合理性。具体而言：削峰，便是削峰"太富"；填谷，即是填谷"太穷"；打通，就是打通"由穷变富"的通道。

可是，现在的我们，早已习惯于增量市场与增量财富的追求。随着国际贸易斗争的愈加激烈，拓展增量空间显然难度愈大，由此，就不可避免地出现了"内卷"现象在放大、在延伸。"内卷"是什么？说到底就是非理性的内部竞争，也主要是由于外部压力加大所致。这个问题不解决，别说共同富裕的目标很难实现，即便处于当下富裕阶层，也会不自觉地充斥着患得患失的焦虑。怎么办？事实上，目前国家已经开始从宏观调控上进行转向，比如，"减负"政策的出台，即体现出了改革举措的基础性与长期性，而削峰、填谷、打通等改革政策的调整，更是力度极大、落地极快，即便牺牲局部地区的生产总值也在所不辞。其实，基于"双循环"战略而更加注重的高质量发展，是不可能建立在一个不健康、不公平的财富构架之上。存量市场的拓展，也一定不仅仅局限于产业链的提级；基于共同富裕的内部不平衡、不充分的矛盾调整，才是最大格局。

那么，从个人层面如何满足这一趋势变化呢？从深层角度来看，内部结构性调整与提级，无外乎会出现这样几种变化：一者，社会财富的"层次性"要变为"类型性"；二者，资源优势的"局部性"要变为"整体性"；三者，市场格局的"垄断性"要变为"多元性"。基于此，也就决定了个人层面的努力方向应该是：第一，机会服从大势；第二，追求服从需求；第三，能力服从专注；第四，财富服从贡献。

"当一个人去追求生活必需品的时候，他往往是勤奋和勇敢的；当一个人去追求生活消费品的时候，他往往变得懒惰和温和；当一个人去追求生活奢侈品的时候，这个人就变得软弱了。一个人、一个家庭、一个单位、一个国家、一个民族，奢望品越多，就越愿意用剩余财富，而不是以他的生命为代价去守卫财富"。

以上，是浙江大学某教授的一段话。这段话，让人怎么看都是启发于动物世界的。其实，物质的贫乏与丰富，确实可以影响动物的野性，也许正是因为这种潜移默化的影响，让人类的狼性逐步走向退化，至于最终人类是否会失去守卫财富与创造财富的能力，那就要看人类的斗争精神能否强化起来。

在这方面，德国人是很值得学习的。他们不仅低调而且节俭，其富裕程度只能从谈吐上辨别出来。虽然他们生产了很多奢侈品，但只是把这些奢侈品卖给其他国家，自己很少消费。他们所穿所用大都比较简单，也基本都是比较便宜的产品……通过这些表现便可看出：生活，只要满足于"必需"就可以了，若是突破必需来提级消费，进而追求奢侈，人性便会在"物化"当中走向颓废。所以，对于我们中国人而言，切不能把老祖宗留给我们"勤劳勇敢"这个基因进行人为分开，因为它不仅仅是民族的特征，也同样是人性的特征；而一旦分开进而变为"勤劳为了什么？勇敢为了什么？"，那就必然会导致物欲的放大、人格的异化。

第三节　要看银山拍天浪

　　将军额头能跑马，宰相肚里能撑船，古之成大事者无不有泰山之胸怀，无不有东海之境界，须知海纳百川有容乃大。

开阔视野，是人之开拓格局的重要前提；

严格自律，是人之守正创新的重要基础；

大胆想象，是人之激发活力的重要源泉；

心怀梦想，是人之砥砺奋进的重要动力。

"不为良相，便为良医"，这是范仲淹之人生理想。透过这种理想可以看出，职业选择的最高境界在于：济世利民。

说起来，人与人终究还是不一样的。有的人的内心没有一丝虚华，不论走路、做事还是说话，都是实打实的，即便是那些鸡毛蒜皮、不值一提的小事，他们也往往一丝不苟、精心应对。但是，就是因为如此，人们常常会感觉他们平庸。而常常就是这样的人，在某个刹那，猛然会将自己内心那种激情绽放出来，也正是因为这一瞬间，不仅会给人以触动，而且会造就令人震撼的事情。并且，即便旋即之间他们又会变得平庸和不名一文，这样的人却也很有能量，远胜过那些自我感觉良好的人。

如此说来，人的成就，还是由胸怀决定的。太过鸡肠小肚，一心只想自己的利益，抑或对待外部缺少包容和接纳，这样的人只会越做越小，这样的路只能越走越窄。正像有人所言：凭借羊肠小道的心胸，再怎么努力，也走不出前途似锦的康庄大道。

职场之上，为人做事，心胸要宽广，要容得下人，容得下事。有时候太谨慎、太在意一些事情，反而会失去应有的气度和豪迈。而要解决这一问题，单纯抓大放小似乎不行，因为心胸越广、格局越大，看问题的角度越是精细，因而也就越是需要专业专注。那么，怎么办呢？一句话：无私而谋者大，无我而为者强。凡事只要少为自己去考虑，什么事情都能办好。

把一切全都摆在明面上，是真正的聪明人对待聪明人的做法。因为真正聪明的人，往往未谋进先谋退，时刻不忘给自己留一条可靠的退路，以策万全。所以，也就没有必要通过遮遮掩掩的方式来表现自己。由此，或许可以说明：进一步，是水平；退一步，是智慧；进退之间寻求平衡，是人生哲学的核心方法论。

作为领导，要喜欢聪明人，而不能像曹操那样，讨厌别人比自己聪明。对于手下人，应该希望他们越聪明越好，不要怕他们在某些事情上自作主张。只要他们的主张和行动对大局有利，对解决问题有帮助，便不能嫉妒他们，而是应该鼓励他们、支持他们。因为只有手下人能力强了，领导者肩上的担子才会轻松一些；也只有手下人敢于做事、勇于担责、不怕出错，才能真真正正地创新创造，才能上心用心地做出实事与业绩。

人人都有心事，所以，人人都有心思。但是，人的心思会因为择向不同而有着天差地别。比如说，人的心思若是基于"私心"而暴露出来，那么，小者称之为"心眼"，大者称之为"心计"；如果基于"公心"而显现出来，那么，小者叫作"心胸"，大者叫作"境界"。由此可见，人的心思之偏向，关键在于一个"思"字，偏于私则小，向于公则大。而对于怎样把握，显然取决于自己。

实际上，心事再多，也要取舍；心思再重，也要释放。况且对待事情，不在于怎么想、想什么，而在于怎么做、做什么。也只有在关键的时候，能够拉下脸面、不怕拒绝，心中有了目标就敢于尽最大努力付诸实施，才是一门最为难得的本事。可惜的是，人大都会爱惜面子，甚至把面子看得很重，因此常常会比较矜持，也放不下身段。岂不知如此这样，怎么可能会争取到机会？即便机会就在眼前，也会因为吝啬弯腰而让机会溜掉。所以说，不论什么时候，只要把面子看轻一点，就能够有意外的收获。

关键时候懂得舍弃，懂得把线放长，而不在意一城一地之得失，才是真本事。而这样的本事，不光只是谋略，还有胸襟。

"万丈红尘三杯酒，千秋大业一壶茶"这句话，出自国学大师翟鸿燊的《大智慧之沟通技巧》，是劝诫人们要放宽心态、开放豁达，做一个有境界、有修养的人。那么，对照此话，我有何思？我亦何求？显然，形而世俗、心不纯粹是根本无法答好这个问题的。确实，每个人都有每个人的生活方式，即便同样是亿万富翁，有的挥金如土，有的却始终保持勤俭本色……但是，人生境界之高下，说到底与财富地位没有多大关系，而真正有着直接关系的仅仅是心境。换句话来说，人的一生总要有

些追求，才能活得比较充实，如果仅仅追求吃喝玩乐，那和动物有什么区别？所以，人活的不是物质享受，而是能够给其他人有所帮助的思想高度。

人之修炼有"三层"之法：一层练身，二层练心，三层练性。而与之对应的，则是：身不动而心动，为第一重境界；身不动心也不动，为第二重境界；身心都不动，同时心性也淡然而空，为最高境界。

其实，身心之练，在于净化；心性之练，取决淡然。就此，有一句话说得好：做人要有春风一般包容万物的博大情怀，著说要有秋水一般不染世俗的深沉。概言之，也就是：春风大雅能容物，秋水文章不染尘。而延展此话之喻义，一句话：做人要大度，切莫鼠腹鸡肠。

关于人的心胸，若是能够"责人之心责己，恕己之心恕人"，并且能以此为诺、践行持久，那一定会让人刮目相看的。

当然，能否挥洒间，看透尘世风云；可否弹指间，看淡繁花开落；又否谈笑间，看开苍生百态，此心之境，性情难抵，唯常学深悟、善思多践，方能在日积月累中逐步养成。

人的目标越是远大，心胸才会越加宽广，进而活得才会越是坦荡。如果一个人只为自己活着，既计较一时之得失，又在乎一己之悲伤，那么，这个人只能活在自己的世界里，并且路会越走越窄、心量越来越小，进而会活得越来越累，也会活得越来越痛苦。

痛苦是什么？说到底就是对自己无能的一种愤怒；而快乐则是为

他人付出之后的释放。正所谓"心地无私天地宽"——天地一宽，脚下的路自然才会宽广。如果心地不宽、没有容人之量，那会怎样？那只能整天陷入各种烦恼当中，即便不被气死也会心情郁闷。所以，老子说："故从事于道者，道者同于道，德者同于德，失者同于失。同于道者，道亦乐得之；同于德者，德亦乐得之；同于失者，失亦乐得之。信不足，焉有不信焉。"

《华严经》有云：忘失菩提心，修诸善法，是名魔业。意思是，如果忘记了菩提心（菩提心，即觉悟的心），去修种种善法，就是为魔作事业。

这说明发心（泛指许下向善的心愿）很重要，它代表对生命目标的选择。若是发心不正，就会越努力方向越偏，越努力破坏力越大。比如说，要想当一名老师，就要让自己成为一盏明灯，哪怕灯光再微弱，也要争取能照亮几人是几人。如果仅仅把老师作为谋生的手段，那自己的思想就没有高度，也就很难教出好的学生。

由此可见，人的一生，身外之物都不重要，唯有自己想要追求的境界才是关键。正所谓"因地不真难证果，心行若直永无魔"。所以，不管我们的职业选择是什么，永远保持一颗不被世俗污染的直心，至关重要。

让别人记住你的好，是做人的最大成功。这远比让别人记住你有多大能量、多么重要强许多倍。因为人都是感情动物，而在感情上接受会让人的记忆更加长久。所以，真正聪明的人，从来不会将利益挂在嘴边、放在眼前，而会只做不说、以诚待人。

古往今来之著名历史人物，人生境界也是分层次的。具体来讲，那就是围绕立我、为民、兴天下，形成了不同层次的人生境界。

"身无半亩，心忧天下；读破万卷，神交古人"，应该是第一种境界。此系左宗棠二十三岁结婚时所写的自勉对联，而且贴在了新房的门上。此后在民间广泛流传。这副对联仅仅十六个字，但却凸显出左宗棠不慕富贵、为民爱国的志向和刻苦读书的精神。正由于他年少有志，勤学不辍，所以才奠定了他成才、报国的坚实思想基础，日后在战场上立下丰功伟绩，流芳百世。

"长太息以掩涕兮，哀民生之多艰"，应该是第二种境界。这两句诗词出自屈原的诗篇《离骚》。从现代意义来看，其实就是要求了解民生疾苦，深入百姓当中，真正做到与民同心、与民同乐。

"为天地立心，为生民立命，为往圣继绝学，为万世开太平"，应该是第三种境界。这四句话系北宋思想家张载所作，完全可以称之为立世为杰的大境界。张载世称横渠先生，尊称张子，封先贤，奉祀孔庙西庑第三十八位。其上述名言被当代哲学家冯友兰称作"横渠四句"。实际上，横渠四句，句句有着落，也具有十分经典的指导意义，并且能够为构建中国特色哲学社会科学提供有益借鉴。

第四节 最是橙黄橘绿时

人生之路，既充满着挑战又蕴含着机遇。东风鼓帆待发时，正需要我们砥砺奋进，创开新局。

　　有一幅山水画，画的是一位老翁在漫天风雪之中，于人迹罕至的山中寒江之上，乘着一叶孤舟，独自垂钓。画，很有韵味，远山模糊，只有老翁的形象十分清晰，还有漫天飞舞的雪花，衬托出一种孤寂、清高、举世皆浊我独醒的沧桑。

　　这幅独钓图，展现的正是柳宗元的诗作《江雪》：千山鸟飞绝，万径人踪灭。孤舟蓑笠翁，独钓寒江雪。而画中意境，可不只是，老翁冒着天寒地冻，一个人在深山老林、漫天风雪之中，仅仅为了钓鱼；他是在等待机会，甚至可以说，他钓的是一种心境。

　　其实，不论是机会还是机遇，大都好像冰下之鱼，要想抓住只有两个办法：要么砸开冰层去钓；要么等到春暖花开冰融化的时候去钓。只不过，前者需要付出相应的精力与代价，而后者看似简单，在时间上却等不起。所以，不论从哪个角度来看，也都是唯有"双管齐下"，才有抓住机会之"鱼"的更大可能。也就是说，既要投入精力与代价去努力"破冰"，又要耐下心来等待"春暖花开"，才有可能等到机会、抓住机遇。

　　有人总结道，人之成功之前，常常会表现出如下七种特征：一是每日反省；二是控制情绪；三是涵养运气；四是善于社交；五是正向思维；六是渴望专一；七是利他之心。只不过，虽说成功要素或许会藏于七者之间，但是它们的逻辑关系还是过于分散，很难让人一体通感、凝心参学。

当然，"七"这个数字还真是大有说法，比如"逢七必变""七上八下"等说辞，即道出了这个数字的人文特殊性。另外，"三"这个数字也大有说法，且不说"三羊开泰""三多九如"有着吉祥、多福之意，即便在西方人的眼里，"三"也代表着和谐与完整，是力量的象征。

基于此而推敲，完全可以将上述七种特征合并为"3+1"，即：用"利他之心"来坚持"每日反省"——穷则独善其身，达则兼济天下；用"正向思维"来注重"控制情绪"——想正念、走正道、做正事，负面东西自然想留都留不住；用"社交情怀"来着力"涵养运气"——变独为合、合而聚力，当然能改变运气、成就大事；另外再加之"渴望专一"、坚持专注。如此一来，便会让人学能体悟、行有方向，何愁不能开启成功的真谛。

当今世界，很多事情是十分复杂的。所以，对于许多表面化的东西，如果不能深入调查、深度研判，也就不要轻而易举地发表个人意见。可是，人与人总归不同，因此也就存在这样一种特别：有的人是"靠嘴巴吃饭的"，什么都生怕别人不知道，于是便口不择言、举止张扬，因此常常会"祸从口出"；有的人是"靠思想生存的"，虽然对什么都看得明白，但闭口不言，只是闷头做事，很是有着"难得糊涂"的意味。

实际上，任何事情都需要从辩证的角度来看。所谓的祸从口出，对应的一定是"小道消息"，这很难判断是对是错；加之缺少坦坦荡荡的

胸怀，进而假仁假义、假誉驰声，因此，也就难免祸及自身；而所谓的难得糊涂，则大都对应的是"大事难题"，虽然对与错比较分明，却又很难直接表达出来，加之缺少大众环境的认可，因而，便通常会禁言慎语、自保而安。

由此可见，祸从口出，在于一个"假"字；难得糊涂，在于一个"怕"字。它们都与人的胸怀有着极大关系。一旦明白了"假的真不了、真的假不了"的道理，进而把自己的聪明才智用在（他人抑或自己）事实证明上来，还有可能祸从口出？亦有必要难得糊涂？

要强的人，大都会对工作比较执着，也会对自己比较苛刻。但是，思想决定高度，若是思想高度不够，即便再是执着，即使再是苛刻，其有所作为的空间也会比较狭窄，甚至会囿于一域而不能自拔。所以，要强并非好强，而要懂得"要什么、怎样要"，这个问题解决不好，便会出现"脑子想的与手上干的总是对不上号"的矛盾，进而越是执着越会纠结、愈是任性愈加痛苦，最终会让自己的性格变得极端起来。

对上，能争取支持，便是水平；对下，能创造活力，便是能力。居其中者，若是能够将二者结合起来，进而成就一种优势，那么，上面的支持便会由小变大，而下面的活力就会成为一种核心竞争力。

其实，对上能够深受信任和支持，对下能够深得敬重和钦佩，这样的人，显然不仅仅是能力所能定义的，更重要的是人品与胸怀。而人品与胸怀就是一种磁场，其蕴含的定律就是：你是谁，就会遇见谁。对此，朗达·拜恩在《力量》中这样写道：每个人身边都有一个磁场环绕，无论你在何处，磁场都会跟着你，而你的磁场也吸引着磁场相同的人和事。所以，你有什么样的磁场，就会过什么样的人生。

情绪的正负，决定一生的命数。哈佛大学教授丹尼尔·戈尔曼说：情商，就是情绪管理的能力。其实，情商就是"情绪智力"亦或"情绪智慧"，主要是由自我意识、控制情绪、自我激励、认知他人情绪和处理相互关系等五个特征构成，也主要解决的是一个人的自控力、包容力与执行力。而这些情商之内涵，其生活化的表现无疑可以总结成这样一句话：考虑问题要有意识地先控制住自己的"嘴"，然后去观察与分析，之后再做出行动；如果就是不知道自己怎么办，微笑着沉默总是不会犯错的。

是的，就是微笑着沉默、沉默中应对。比如，有人曾向阿里巴巴永久合伙人蔡崇信提问："过去这么多年，最让你难过的事情是什么？"他的回答是："你是问难过的事情还是难处理的？好像没什么难过的事，倒是经历了一些难处理的事……"仔细琢磨这句话：没有难过的，没有抱怨的，所有的事情，如果发生了只是冷静地面对，最多是难处理而已，不会有太大的情绪起伏。如此者，才是情绪控制之大家。

实际上，人与人之间的情绪，真的是会传染的。和负面情绪多的人在一起，他们身上堆积的"情绪垃圾"，会汇聚成一个情绪黑洞，相处久了，会吞噬掉我们的正能量，进而让我们走向消极。而和正面情绪多的人相处，即便遇到不如意的事，也会积极乐观、豁达面对，相处时间长了，整个人都会变得自信阳光。所以说，我们的情绪会受到人际关系的影响，远离负能量、靠近正能量，不仅会让我们健康向上，而且会改变我们的人生命数。

　　和优秀的人在一起，真的很重要。就此，路遥在《平凡的世界》里这样写道："一个人的思想还没有强大到自己能完全把握自己的时候，就需要在精神上依托另一个比自己更强的人。也许有一天，学生会变成自己老师的老师，但人在壮大过程中的每一个阶段，都需要求得当时比自己的认识更高明的指教。"

　　是的，人之所以为人，就在于能够相互扶持；而能够提供这样扶持作用的，当然是水平越高越好、能力越强越大。而有关于此，我们自然也不能好高骛远、一味攀附。实际上，与我们最近的十个人，就是我们的圈子。因为我们认识的人再多，交往最频繁的也不过十个左右；除去至亲好友，真正能互相帮助和影响的，都是那些与我们有着密切关联的人。所以，身边人、身边事，能不能互相帮助和影响，取决于我们自己。

　　要想得到更好的帮助，那一定要先做更好的人。而有关于此，最为有效的办法，可以参照《秘密》中的一句话："一个人身边的一切，都是由他内心的想法和特质吸引而来。"也可以借鉴画家竹久梦二的这样一句话："总是挂在嘴上的人生，就是你的人生，人总是很容易被自己说出的话所催眠，我多怕你总是挂在嘴上的许多抱怨，将会成为你所有的人生。"

　　实际上，思想决定态度，态度决定行为，行为决定结果。如果个人思想没有什么追求，又很少能够得到他人的帮助，那人生的结果一定没有多少出彩的地方。

　　怎样做最优秀的自己？那就看看伏羲是用什么方法成就了八卦，或许能够从中得到许多启示。

通过《易经》当中"仰则观象于天，俯则观法于地，观鸟兽之文与地之宜，近取诸身，远取诸物"这段话，可以看出，伏羲主要是运用如下四种方法进行研究的。

一是仰视。现今人们可能认为这很轻松，只要抬头看看就能达到目的。可是如果要求一个人天天如此，并且要在浩渺的天际里记住一些变与不变的星辰，情况会如何？那一定是难以坚持的。

实际上，世界上的一切作为都是如此，若要把一件事情变成一种事业，那一定是：起步不太容易，坚持则是困难。但是，只有持续不断地坚持一件事，最终才能有所发现、有所创新，进而有所成就。仰视也是如此。它虽然属于人类专有的权力，也同样存在一个坚持的问题。况且在许多时候，即便仰视也会境界不高，这就不仅仅需要一种毅力，同时还需要从内心空明起来。所以，"一切唯心造"（这个"唯心"，并非现代哲学的唯心主义，而是重点强调人对事物的分析和主观判断）。

其实，伏羲仰则观象于天，就在于他坚持相信"一切皆有天象"，并且他的这些仰视，不仅仅局限于风清月明之时，反而越是恶劣天气越去观察，这无疑体现了一种科学精神。因而可以说，要想达到认识事物的全面性，不用心付出是不可能的，不执着思考同样是不可能的。

二是俯视。俯视，可不仅仅只是观察那么简单，而是要在观察过程中去敏锐地发现彼此之间的一些关系与特点。比如，在"俯则观法于地，观鸟兽之文与地之宜"这段话中，就能看出伏羲的目的是"观察大地高下卑显的法则，观察鸟兽羽毛的文采，观察山川水土的地利"，这显然是聚焦于深层次问题的。由此，也就可以断定：八卦，应该是伏羲自己（或是从自己身上）看出来的东西，它既是对天、对地的观察产物，也是结合自身的分析产物。

所以孟子才说："万物皆备于我"。实际上，在孟子的这一句话中，有着"天地万物我都能够思考、认识，所以天地万物我都具备了"的意思，因而才会有着下面的一句话："反身而诚，乐莫大焉。"这句话的意思是：反躬自问，我所认识的一切都是诚实无欺的，所以非常快乐。显然，这体现的是一种认识的快乐、探求真理的快乐。

三是广度。这个广度即是指观察事物不能光看一个地方，而要多角度去看，多维度比较。比如观察天象，不能只集中于一个地方，而是四方八面都要去看，只有看得周到，才能想得周密，进而才能在反复权衡中发现规律。

四是联想。发现规律，仅仅通过观察一定不行，还要进行思考，因而就需要基于丰富的想象力。可是，远古人要展开丰富的想象，参照体系一定比较局限，他们唯一可行的办法，就是通过身边的事物来比较，进而不断总结事物之间的联系，所以才有"近取诸身，远取诸物"一说。总归万事万物都有相通之处，如果能找到相通的地方，很多问题就可以推断出来。

由此可见，要想发现事物的一般规律，唯一遵守的法则就是专业专注、持之以恒；也唯有学会运用自然法则进行检验，才能更好地把握事物发展的一般规律，进而才能去遵循、去创造、去发展。因而，可以说，"合其规律，则尽力而为；违背规律，则尽快转变"，才是老祖宗留给我们的宝贵财富，也应该成为我们想问题、干事情的基本遵循。

第四章
柳暗花明又一村

今夜偏知春气暖

我欲穿花寻路

小荷才露尖尖角

十年磨一剑

一览众山小

第一节　今夜偏知春气暖

"心事浩茫连广宇，于无声处听惊雷。"透过现象看本质，就是要做到睹始知终，知来藏往，见微知著，明见万里。

虽说因时而变、因事而异、因地制宜，是成功的法宝。但是客观上的变化，往往会因人而异、因时不同。人不察，行不觉，也就很难找到好与坏的趋势、成与败的变局。况且，我们不是什么世外高人，也根本不懂什么预测之术。所以，唯一的办法就是聚焦苗头、提前防范，这既能为自己谋得预警之策，也能让自己在危机之时应对得当——只有人人如此，共同努力，才有可能筑建起我们之生活与工作的平安格局。

实际上，对事物的分析与研究，一定要变复杂为简单，而只要把握其核心的两点，便会发现一些常识性规律，比如：在军事上，就是如何把握"攻"与"守"的问题；在农业上，就是如何把握"种"与"收"的问题；在企业运营上，就是如何把握"产"与"销"的问题；在中医治疗上，就是如何把握"补"与"泻"的问题；在养生长寿上，就是如何把握"动"与"静"的问题；在国画艺术上，就是如何把握"浓"与"淡"的问题；在歌唱艺术上，就是如何把握"声"与"情"的问题；在油画艺术上，就是如何把握"明"与"暗"的问题；在待人处事上，就是如何把握"言"与"行"的问题……所以，只要能够找到各类事物的核心两点，并且能够准确掌握并加以灵活运用，就会收获不一样的认识成果。

鬼谷子有这样三句识人口诀，可谓句句经典。

第一句："来说是非者，便是是非人。"这就是说，经常说别人是非的人，一定不是什么善茬；他们非常喜欢关注别人的事情，喜欢说三道四，其实在很多时候，他们就是那些招惹是非的人。

第二句："闻人善则疑之，闻人恶则信之，此满腔杀机也。"这就是说，有的人在对待别人的善事或是别人被夸奖的时候，总会首先抱有怀疑的态度；而在听到别人的坏事或不好传闻的时候，却从不会怀疑，反倒十分容易相信，这样的人的内心是充满敌意和怨恨的。

第三句："精于理者，其言易而明，粗于事者，其言浮而狂。故，言浮者亲行之，其形可见。"意思是说，那些知识丰富、学识渊博的人，在面对一个问题的时候，他们的发言往往是简单有力、简要直接的；而那些没有什么学识的人，却往往会用夸张的方式和语言来形容自己，进而让人感觉好像十分厉害。但是，只要亲身实践一下，他们便会很容易暴露自己。

企业的核心竞争能力，往往是由洞察预见能力和前线执行能力构成的。前者决定方向；后者决定落实。唯其二者统筹运作，才能产生乃至创造出一定的比较优势，进而让企业立于不败之地。

不论多么复杂的改革，大都离不开"四用"之法："用强"在于造势，"用心"针对合理，"用诚"聚焦矛盾，"用力"打造双赢。

改革不是目的，发展才是道理。所以，不能因为改革而改革，而要基于发展而求变。这其中，变被动为主动去打造新机制、新业态、新模式，才是正确的改革方向。

现今某些领域发生的一些问题，看似莫名其妙，实则影响很大，而究其根源又似乎找不到对象，这尤其需要我们提高警惕。正所谓：看不见的风险，才是最大的风险；挖不出的隐患，才是真正的隐患。

而在这其中，对于那些浑水摸鱼的人群，一定要深入排查、严格防范。若是理不清责任、控不住操作、防不严细节，就极有可能会让小事变成大事，进而让很多无辜的人在泥沙俱下之下背上黑锅、受到伤害。

曾国藩说过这样一句话："事以急败，思因缓得。"这就说明对于事情的处理，一定要具体问题具体分析，尽量做到由表及里、由里寻根，进而才可能发现：有些事情要缓事急办，而有些事情却要急事缓办。显然，这是主次矛盾的哲学方法。

实际上，很多时候我们会面临"两头下雨"的困境，也势必会导致自己进退无措、两择其难，怎么办？就此，自然要观大局、察大势，进而两害相权取其轻、两利相权取其重。当然，面对如此复杂的困局，要在很短时间内斟酌，然后做出决断，其困难是可想而知的。唯一的策略也只能是"不问前程，只需前行"，而不仅仅只是局限于"想清楚再行动"，因为任何的犹豫与退缩、所有的保守与维持，都不可能突围困局、成就新局。

"摸着石头过河"即便有着一定的风险，会出现一些新问题，也总是有着小心尝试、缓行而进的作用。况且，"预测未来的最好方式，就是去创造未来"（克林顿）。总归这个时代没有所谓的稳定，也不会慷慨收留没有价值的人；这个时代只会夺走平庸者的未来，而给独立思考、努

力拼搏的奋斗者带来很多机遇。

正所谓"真相，总是隐藏在问题的背后"，只有发现了真相，才能找到解决问题的办法。也可谓"实践出真知"，不论是经验还是理论，只有经过实践的检验，才是最有用的。

有一句话叫："好而知其恶，恶而知其美。"其实，这既是一句很有哲理的话，也是一种颇有高度的世界观。凡事若能如此，可以说，即便面对再复杂的矛盾，也是能够找到解决办法的。

因为有时候，对与错的界限没有那么分明，很多事情也许从短期看是坏事，而从长远来看却是好事。所以，时间才是检验真理的唯一标准。

企业当中，因为工作岗位之不同，人们便有着不同的专业方向。而每个专业则是一道复杂的运算题，并且解题步骤也不一样，因此，也就很难用同一标准来权衡专业的好坏。但是，对于专业的要求答案则是统一的，那就是：要出成绩。因而，有关专业的方向定位便成为不可或缺的选择题，至于能否选择正确，不仅取决于个人智慧，更取决于个人对发展大势之研判。

很多时候，说什么不重要，重要的是，这句话是谁说的，你是怎样理解的。比如，生活当中经常会说"怎么样？"这样一句话，说起来，这不过是一句中性问语，但是，若是放到领导对下属的问话中，便会成为一句责任性要求、无弹性命令；如果放到对手之间的问话中，则会成为一句让对手充满变数想象的问语，也是一句把压力性（必须承担与接受）矛盾交给对手的问语。

所以，同样一句话，往往会因为层次不同、角度不同、对象不同而有着不同的含义。而究其本质则在于：上乘者论道，中乘者讲法，下乘者求术。这说明：不同的人，对事物的认知境界不一样，对事物的把握方式就会不一样。并且，层次越高、主动权越大的人，语言的分量就会越大，语言的影响力也会更加重要。

人再聪明、再能体察入微，也很难察觉他人内心的变化。但是许多时候，小事就是由内心最微不可察的变化一点点积累起来的，最终越积越多，从而在一个时间点被引爆，进而成为令人难以置信的大事。

所以，体察人的内心变化，应从小事着眼。正是那些看似小事之中的微小改变，常常会在悄然之中映射出人的内心变化。对此，若是察之不及，亦或粗之大叶，也或不屑一顾，那么，等待自己的更多的会是突如其来的坏事。

有句话说得好："未算胜，先虑败。"其实，思维不敏锐，看问题一定不会深入；凡事光考虑好事而不防范坏事，也会自己打败自己，进而让自己陷入困境。所以，"赢，要有赢的实力；败，要有败的智慧"。也只有在遇到困难与问题的时候，才是真正考验自己的时候。

有些干部之所以能经得起考验，而有些干部却不能，其区别就在于风险与危机来临之前能否意识到这些风险与危机。说起来，这是相当不容易的，也不是仅仅依靠专业知识就可以做到的，而是需要一种长期基于学习分析与职业锤炼养成的习惯。正所谓：面对挑战空感叹，徒留安逸难自强；以己为重掩双耳，春秋大梦思黄粱。

任何人都不能基于某些优点便沾沾自喜，也不能将这些优点作为人生资本进行无度消费。优点，不过是"有点"，"过"了便会成为缺点；优势，不过是"有时"，"压"实才能变成优势。

所以，"有点"长处而不进行内化，不仅不能抬高自己的"有时"状态，甚至还会降低自己的"有时"能力。就此，正如《论语》所言："君子务本，本立而道生。"这就说明人的成长如同植物一样，扎根固本才是根本，开枝散叶不能匆忙。

记得林肯说过这样一句话："我的生活经验使我深信，没有缺点的人往往优点也很少。"孟德斯鸠也曾这样说过："固然我有某些优点，而我自己最重视的优点，却是我的谦虚。"拉罗什富科则说："在日常生活中，我们往往由于自身的缺点而不是优点才招人喜欢。"卡耐基更是一针见血地指出："人性的弱点并不可怕，关键要有正确的认识，认真对待，尽量寻找弥补、克服的办法，使自我趋于完善。"

由此可见，大凡一个人，唯有忽视"优点"而重视"缺点"，进而认真对待、自我完善，才是人生成长的正确选择。

什么样的人才是生活的高手？其实，初接触很普通，接触久了才渐渐让人感觉出魅力的人，即是高手；最早让人看不上眼，但渐渐让人感觉与众不同的人，也是高手；而在一些不起眼的岗位上，能够一次又一次地证明自己才华的人，同样是高手。当然，洒脱不流露于表面、淡然深入到骨子里的人，更是生活中的真正高手。

要想看清一个人，也许需要几年甚至十几年的时间，但是，见识一个人的智慧，也许只要一次见面、一次谈话，就能得出一个基本结论。正所谓：路遥知马力，日久见人心；谈话见智慧，论点现高低。

如何识人用人？三国时期魏国刘邵所著《人物志》中有这样一些鉴别策略，分别是：一、厉直刚毅，材在矫正，失在激讦；二、柔顺安恕，每在宽容，失在少决；三、雄悍杰健，任在胆烈，失在多忌；四、精良畏慎，善在恭谨，失在多疑；五、强楷坚劲，用在桢干，失在专固；六、论辨理绎，能在释结，失在流宕；七、普博周给，弘在覆裕，失在溷浊；八、清介廉洁，节在俭固，失在拘扃；九、休动磊落，业在攀跻，失在疏越；十、沉静机密，精在玄微，失在迟缓；十一、朴露径尽，质在中诚，失在不微；十二、多智韬情，权在谲略，失在依违。

现实工作中，有着这样一个十分有效的察人之法，那就是：大场合、小表现。也就是说，如果一个人的能力不足、心态不稳，那么，越是处于大的场合，其缺点与不足就会通过具体细节的表现而暴露出来。所以，"刀在石上磨，人在事上练；吃得苦中苦，方为人上人"。

记得一句话是这样说的："人生态度，不要抄近道，否则会白跑；不要绕远道，否则会迟到；不要走邪道，否则会坐牢；不要走黑道，否

则会挨刀；不要只想要，付出不能少；不要着急要，一定要戒躁；不要求回报，该到自然到；不要急得到，心静便无恼；不要怕人笑，看谁笑到老；不要装知道，不懂就请教；不要放大炮，说话要可靠。"

其实，细看这一系列的"不要"，无外乎强调的是：作为一个人，千万不要因为琐事之争、微利之诱、果腹之欲，就无端放弃原本的自我；人之不幸福，都是源于不能正确认识自己。

是的，人生的真味，在于一个"淡"字；人生的风度，在于一个"忘"字。人生的境界，无外乎一个是"知道"，一个是"知足"。知道，让人活得明白；知足，让人活得平和。所以，基于知道而明白、基于明白而知足，无疑比什么都重要，也比什么都难能可贵。

第二节　我欲穿花寻路

"有阴影的地方，必定有光"，危和机总是同生并存的，要善于从眼前的危机、眼前的困难中捕捉和创造机遇。

近年来，世界变化极不寻常，不仅昭示出"百年未有之大变局"的现实性，更是从更深层次、更大领域展现出极为复杂的矛盾性。但是，不论变局怎样缥缈，也不论矛盾怎么交集，有一种发展趋势是不变且更加清晰的，这就是：数字化革命。

数字化革命所引发的变化，实际上是一个由浅及深的过程，这就如同电的发明一样，开始用于电灯照明，便给人类带来一种文明升华的惊叹，而及至今天，电灯使用太过普及，也仅仅就是电力使用的初级功能。数字化革命也同样如此，今天所能看到的变化不过是初级阶段；未来，势必会随着社会化的普及与发展性的创新，对我们乃至世界带来更多更大的颠覆性影响。

随着互联网技术的社会化普及、变革化深入，就个人而言：过去，考量的是工作量；未来，考量的则是数据量。就企业来讲：过去，考量的是用电量；未来，考量的却是数据量。随着社会对"数据价值"的普遍重视，一定会出现这样一些硬核评价标准：就个人来讲，只有把一件事情做精益，并且被广泛认可与接受，才能凸显自身价值；就企业来讲，也只有将多产品、多订单变为单产品、长订单，才能显现出自身的核心竞争力。

随着百年未有之大变局的不断演变，未来所要面临的风险必然会越来越多。因此，也就越是需要更多信念坚定的年轻人站出来，成为国家的擎天之柱。唯有年轻人站出来，民族的希望才会更加强大；也唯有年轻人真正强起来，民族复兴之梦想才会更早实现。

当今时代存在这样一种危机：企业会破产，人同样会破产，并且人在破产的时候，没有人会通知你，也没有人会同情你。这主要在于：这个时代，会淘汰那些原地踏步的人，因为不进则退；这个时代，会奖励那些奋起直追的人，因为天道酬勤。

一个人若是没有过硬的本领来适应这种变化，不可能会有依仗之人脉、依靠之组织、依存之方式。所以，投资什么都不如投资自己，依靠什么都不如依靠勤奋。况且现今时代的主要特征是"只有努力奔跑，才能留在原地"，因而，就需要我们更加勤奋努力。

"机会，总是留给有准备的人"，这句话绝对是一个真理。且不说，没有准备便不能识别机会，即便是准备不足、谋划片面，也会在遇到机会的时候，因为迟疑亦或表面认识而错过。

从深层角度来看，这句话当中的那个"留给"，才是至为重要的关键词：留给不等于留住。而要留住，在准备之广度、琢磨之深度等方面显然要下功夫，最好能够早人一步、超人一头。要实现于此，无疑需要时刻准备着。实际上，也只有"广而备之"才能"备而准之"，进而与机会越走越近，最终达到善抓机会甚至创造机会的高度。

越是困难越会保守，人如此，企业同样如此。之所以这样，就在于人穷志短、马瘦毛长，越穷越经不起折磨。但是穷则思变，愈是贫困愈

是需要改变。而相对合理的办法，就是选几个突破点，放几条鲶鱼去改变现状，便有可能变困局为新局，进而打开一条创新发展之路。

对于机会的把握，可以将人分为如下四种：第一种人，创造机会；第二种人，寻找机会；第三种人，等待机会；第四种人，错过机会。所以，选择大于努力；行动决定成败。尤其对我们而言，虽说凡事都应该未雨绸缪，但是等事情已成定局才行动，那便为时已晚。这样的人，不可能成事；这样的事，不可能成功。

一个人，在遭遇前所未有困难的时候，大都很难会有太多的选择，这是常理，也是人之境界所决定的。因而，若是能够顶得住压力、掌控住局势，那自然会一步一天地、步步添精彩。总归：逆境之环境，能够萃化人的心灵；逆境之困难，能够强化人的思维；逆境之压力，能够锻造人的品格。

对于问题的处理，一般有着"积极处理"与"消极处理"两种形态。那么，"不处理"是消极吗？乍一看是的，其实却并非那么简单。因为凡事都在不断变化，问题同样会随着变化而变化。所以，对于问题的不处理，应该是变局中的一种暂时等待，只要把握得好、控制得住，很有可能会比积极处理的效果更好。

实际上，只要有问题就一定要解决，关键要看能否找到解决问题的正确方法。当然，有些看似能够解决问题的良药，并不一定适合，又很难吞下别人提供的苦药，怎么办？一句话：把问号拉直就是大大的感叹号。问题的解决也是如此，不要问太多的为什么，只要把问题变成导向，认认真真去探索，就有可能发现解决问题的窗口。

想事情、干事情，一定要善于利用事情本身的规律，也一定要准确把握环境变化的特点。有时候，看上去越是被动、越是时时处处受到压制，其实越是临近千载难逢的变化机会。正所谓"在危机中育先机，于变局中开新局"，道理正在于此。也正是因为如此，形势越严峻，局势越复杂，有的人就越兴奋，因为他们最喜欢那种于千丝万缕困局中抽丝剥茧找出解决办法时的爽快感。这主要在于他们坚定地相信，不管多么困难的局面，总有破局之法，关键看有没有底气与信心，有没有敢于做下去的勇气。

说起来，在利益面前，人们从不缺少短视的行为，也只有等到吞下苦果的时候，才会警醒过来。而此时，按照自食其果的定律，显然要付出惨痛代价的。所以，对于利益的事情，还是安守其分为好；尤其是面对风险很大的利益，越应该多做点未雨绸缪的事情，少做些亡羊补牢的事情，毕竟未雨绸缪要比亡羊补牢强上百倍。

很多人对于"得"与"失"的认识，常常是基于心理苛求而定位的。比如说，"得"是劳作的结果，不论劳心劳力；可是，人们却常常希望"得"的长久，而不想过多劳心劳力。岂不知，生活的规律是讲究投入产出的，也永远遵循"万事有得必有失"的道理，因此，越想得到越是无法得到，越想得而长久越是难以长久。

其实，"失"是"得"的基础，"得"是"失"的结果，它们既是支撑人生必不可少的组成部分，也是与人生密不可分的辩证要素。因而，怎么可能只得不失呢？

对我们每个人（尤其是年轻人）而言，若是没有能力拒绝而偏偏拒绝，那可能的后果一定是难以想象的糟糕。而暂时的虚与委蛇，往往需要智慧，若是智慧不够而被人识破，那必然会换来更为的沉重打击。所以，即便虚与委蛇、巧以应付，也要体现出一种气势和态度，至少让他人知道，自己并不是一个软柿子。

所以说，遇到困难千万不要退而避之，而要想办法去解决。至于如何着手，则需每个环节都要进行巧妙处理——机会不多，靠思考；智慧不足，靠学习；能力不够，靠朋友。只要寻得一条缝，便能打开一扇门；只要抬起自己脚，便能闯出一条路；只要找到一支棍，便能爬上难以想象的山峦……未知前程靠自己，动手未必得心时。让人惊讶，便是成功之时。

第三节　小荷才露尖尖角

"红日初升，其道大光。"年轻人不仅要深思之，更要笃行之，要在实践中经风雨、见世面。

"若是一头牛，即便从南京赶到北京，也还是一头牛。"这就说明：一个人如果不是可塑之才，即便放到最好的地方，也改变不了多少；反之，若是可塑之才，不管放到什么地方，都有能力改变自己。

每个时代都有每个时代的特征，每个时代都有每个时代的人生。如果把现在的一些年轻人放在计划经济那个时代，也许他们会一事无成，甚至会黯然落幕，因为那个时代需要超级务实的做事风格与极其隐忍的心智模式。而现今时代，需要敢于创新、勇于变革的年轻人，也只有那些与时俱进、开拓进取的年轻人，才有可能成为这个时代最需要的英才。

所以，现在的年轻人或许在老同志看来还比较稚嫩，但是，评价他们一定不能用老眼光、老套路；尤其是对于他们身上那种特有的傲气与原则，更是不能轻易否定。可以说，是这个时代赋予了他们这种特有的性格，也是他们这种特有的性格成就了这个时代。因此，只要看好这个时代，就应该看好处于这个时代的年轻人。

当然，年轻人初入社会，大都志存高远、满腔热血，但也常常盲目乐观，认为路就在自己脚下，前途就在自己手中。其实，成长需要代价，成熟需要经历。所以，对待什么事情都不能急躁，而应学会慢慢品味，唯有等到清醒的那一天，真正的务实人生才算开始。

　　年轻人初入职场都是新手，也都有着一个学习的过程。只有在学习中不断进步，才会慢慢站稳脚跟，逐步脚踏实地。而那些始终无法改正缺点的人，则会慢慢被职场所淘汰。被职场所淘汰，实际上是被人所淘汰，因为没有一个领导喜欢一错再错的下属，也没有一个团队容忍屡教不改的员工。当然，人都有容人之量，是允许人们偶尔犯些小错的，组织体系同样如此。只不过，这不是让人犯错误的理由，而仅仅是给人一种知错必改的机会。所以，有错必须知错，知错必改才可堪造就。

　　其实，由于年龄不同，人们对于错误的态度终究还是不一样的。比如，小孩子犯点儿错误，任何人都会原谅；而成年人一旦做事出格，便被认为是不成熟、不懂事。不成熟之结局，便是失去机会；不懂事之后果，则会麻烦不断。

　　履职多年的人与工作不长的人，一看表现就能区别开来。比如，在遇到重大问题的时候，年长者的心中虽然也会忐忑，但却不会脱离实际胡言乱语；而年轻人则通常要么谨慎小心而没有主张，要么不知深浅大讲一些无用的话。

　　只不过，就年轻人而言，虽然"没有表现"与"过于表现"的结果都是一样，但是，在人们的心里"过于表现"还不如"没有表现"，因为表现的越多，问题暴露就越多。实际上，坚持自己的立场，说出自己的观点，仅仅是表面功夫，关键要能看得透、说的准、干得实，如此才能让人信服，才会被人敬佩与欣赏。

伯乐之所以称之为伯乐，不仅仅是因为他发现千里马日行千里的能力，而是在于他善于发现千里马没有表现出来的潜质和潜能。潜质与潜能是未知的，也远远大于人的表现能力。人的潜质、潜能一旦被激发出来，通常会表现出一个不一样的自己。

其实，人人都有潜质，人人都有未知的潜能，只要能够把这些方面激发出来，便能从中看出一个人可以被重用的程度。所以，如果想要重用一个人，不能仅仅只看暂时的外在表现，关键要看这个人的潜力以及可以激发的奋斗活力。

越是处于困难境地，越能体现出人的本质特点。比如说，有的人秋月春风等闲度，从容；有的人刀光剑影争胜负，决然；有的人山高云深难探识，睿智；有的人瞻前顾后神慌乱，无助……所以，欲想识人精准，只要施以难事困局，便能一目了然看清楚。

有些人虽然表现的没有什么追求，其实，只要机会摆在他们面前，他们同样会不肯放弃、全力以赴，这就是人性的内驱动力。所以，评判一个人，不能仅仅局限于表面，而是需要通过一些难题解决、利益选择以及机会把握等形式，去触动他们的内在人性，进而基于"小事识性，大事识人"之规律，才能更为有效地了解他们。

人与人，难免会发生一些矛盾。特别是同事之间亦或存在一定的工作关系的人之间，更是容易产生这样那样的矛盾。但是，矛盾是什么？说到底就是"$Y=10-X$"的关系，只要一方减少，另一方就会增大，所以才会据理力争、互不相让，而最终也只有一方妥协，才会消除彼此之间的矛盾。

所以，就我们每个人而言：可以不认同一个人的人品，但必须尊重一个人的阅历。因为任何一个活了一把年纪的人，都有岁月的沉淀，都有让人尊重的人生历程。所以，即便矛盾对自己有着一定的伤害，也应该适当退让甚至以德报怨，如此反而能够提升自己的人品高度。

不懂得感恩的人，往往容易背叛。这样的人不论具有多大的才华，都不可能得以重用。

作为一个人，不论属于感性性格还是理性性格，心中都要持有属于自己的原则。实际上，这种原则，既是排他性条件，也是吸引性磁场，所以才会"偶见如故不稀奇，天天相见常不识"。说起来，这是人生矛盾，也正是人生常理。

第四节　十年磨一剑

"宝剑锋从磨砺出，梅花香自苦寒来。""不积跬步，无以至千里；不积小流，无以成江海。"

喝茶的人大都会有如此感觉：初入口顿感苦涩；之后，甘甜之味才慢慢品味出来；进而，清香之感高远悠长、久久不散，最终让自己慢慢爱上这种味道。其实，很多事情都是如此，刚一接手都会感觉矛盾很多、困难很大，谁遇到都会头疼。但是，只要沉下心来、认真精作，迟早有一天会苦尽甘来、令人吃惊。

虽说人之生活，确实有着运气的成分，但是，三分运气不敌七分运作，七分运作不如十分坚守。正所谓："人道我贵，非我之能也，此乃时也、运也、命也。"所以，人之生活还是崇尚坚持、着力坚守为好。坚持自己所选择的，相信自己所坚持的，才是属于自己的正确道路。一个一心向着自己目标前进的人，整个世界都会给他让路。

人生往往就是这样，经历了才会积累，遭遇了才会提升。虽说基于经历而形成的经验会阻碍一些东西，也必须通过不断深化才能成为人生阅历。但是，人生之常态就是这样，"丢弃一些东西，又收获一些东西"，人就在这拾拾弃弃中才能成熟起来。

人生之属性，就是生生不息，也必将苦难重重，这是必须面对的客观现实。只要真正明白了这个道理，便不会对人生的苦难耿耿于怀，也不会总是哀叹无数麻烦、压力与困难。况且，失败是什么？只是更加走

近成功的一步；成功是什么？就是走过了所有通向失败的路之后，只剩下一条成功的路。所以，只要能够将事前的忧虑转换为思考和计划，进而不给自己设限，则人生中便没有能够限制我们发挥的藩篱。

这个世界最难的事情，无外乎只是"坚持"二字。只要坚持走符合自身特点的发展之路，进而形成他人所不具备的特色与优势，便一定会成为未来竞争、竞争未来之法宝。

客观地讲，现代人大都患有轻微的急躁症，不论对待什么事情，很难有所耐心、三思而行。因而也就难免有太多的想法，大都因为没有计划而仓促实施；太多的行为，大都因为考虑不周而草草结束。

但是，人生修炼必须沉下心来，必须搞清楚过程阶段的内在逻辑。这就如同地图之于旅行一样重要，没有理论指导的修炼，就像不带地图去探险，不仅容易迷失方向，而且会走不了很远。反之，如果弄清了目标、路线和逻辑，就不会遇到困难而轻言放弃，也不会在迷茫的时候手足无措。

对于矛盾的解决，既不能视而不见也不能半途而废。视而不见，只能让矛盾积累越来越大、愈解愈难；半途而废，则会让矛盾解决不上不下、卡在半空，而且会涉及许多工作进不成、退不下，进而造成既让事难办亦让人难受。唯有抓住根本，坚持不懈，急事快办、难事力办，不达目的、决不退兵，才能让组织得以健康运行。

正常情况超常发挥，叫优秀；超常情况正常发挥，叫卓越。所以，没有经历过困境的人，既便再是优秀也难以担当大任。处于各种环境都能正常发挥的人，才是卓越之人。

领导干部的威信，往往是通过一些小事积累起来的。虽说树立领导威信的先决条件，是能够将自己的意志贯彻下去，并且能够在团队中挺起腰杆。但是，并不是能够贯彻意志的领导就一定有威信，这其中，被领导阶层的主动接受与被动接受，在人性关系上是相当微妙的，对于领导的评价也是相当微妙的。

而领导者关注的小事，并非仅仅就是小事本身，而是可以通过小事体现出自己的个性和特点。所以，领导者若是能够巧妙通过这些小事将自己的个性传递出去，进而让大家不论暗存什么心思，都只能接受领导者的决定，便会自然而然地将权威树立起来。

人要成为棋手，必须先从棋子做起，好棋手都是慢慢熬出来的。由此，也就决定了干部成长一定不是越快越好，有时候急着站到高处，远不如先在原地打实基础为好。总归任何方面的勉强，都要付出代价的。所以，被提拔过快的人，即便碰不到履职上的风险，也一定会因为能力不足而少有作为，更不要说能够担当起组织赋予的重大责任。

人与人的起点终究是不一样的，所以，对于一个从深沟里爬出来的人，就不要再去寻找什么起跑线了，赶紧跑、拼命追才是最为正确的选择。况且现今时代：紧握旧地图，找不到明天的新大陆；固守旧思维，

看不到明天的太阳。唯有革故鼎新，才能面对未来、走进未来。

　　仕途的进步，还真不能用"起点高低"来进行评判。比如，有些起点高的干部，通常到了一定阶段便会遇到瓶颈，原因就在于他们缺少基层工作经验——不了解基层，就很难实事求是，这是他们的最大短板。

　　当然，在职业生涯刚开始的时候，这种短板大都不会显露出来，也只有随着职位的升高，尤其是到了独当一面的时候，不了解基层工作，不懂得底层社会的生存状态，便会在工作的时候缺少应对的办法，而所谓的瓶颈问题就会在这个时候出现。

　　所以，人在年轻时期最好从基层干起，多积累一些解决问题的具体经验，唯有不怕事、敢担当，才会在日积月累中练强筋骨，进而提升遇浪不惊、成就大事的本领。否则，有再好的前途也要回头补课，而一旦到了那个时候，人生考验之坎一定比年轻时期更难跨越。

　　从基层实打实拼出来的干部，最大的长处是对基层比较了解。因此，即便后来走上更高的位置，他们思考问题的方式也依旧是由下往上的。特别是，随着职位的逐步提升，他们对于那一路的风景也会逐一见识，进而会在系统意识、大局观念、综合素质等各方面有所增强。所以，他们没有明显的短板，反而有着踏实连贯的实践力。

　　而像那些一直在机关工作的干部就不一样了，他们虽然懂得上层思维，但却永远不会真正了解基层，这就是他们短板，也是他们愈走愈难的问题所在。所以，年轻的时候多磨砺一些、多遭受一些挫折，并不是什么坏事；什么挫折都没经历的人，即使走上领导岗位，也很难胜任关键岗位，更是很难胜任主要领导职责。

实际上，"小马拉大车"的事情，很多人都曾经干过，也为之痛苦过。之所以痛苦，就在于作为一头小马，所要面对的不仅仅是能力不足以拉大车的问题，还要面对许许多多怀疑观念与固有习惯。也正是因为如此，常常会导致年轻人的迷茫与困难。

只要能够咬紧牙关证明自己，而不是患得患失折磨自己，最终一定会得到丰厚的回报。其实，人们的观念是可以打破的，这一切都取决于自己怎样掌握、如何坚持。总之，"用事实说话，凭业绩证明"，才是解决一切问题的根本。

企业，说到底还是由人群构成的，因此也就需要像人一样要有目标、要去奋斗。有目标、能奋斗才有活力、才有生机，才会于困境中发现希望、闯出天地；没有目标、不想奋斗，即便看似活着，也终究不会有太长的生命周期，更不要说会拥有多好的发展质量。

一个人要想赢得他人的重视，似乎只有一条路可走，那就是凭借能力和实力。只不过，能力与实力看似相辅相成、合为一体，实则有着不一样的养成方式。能力可以通过学习和不断克服自己的缺点获得，而实力则是要在拥有了能力之后，进而通过实践被人们所认可，才能显现出来、才会越加雄厚。

实际上，能力是基本技能，而实力则是能力获得人们认同之后的影响力。所以，没有能力，也就很难塑造自己的实力；仅仅凭借自我能力而孤芳自赏，同样很难构建起自己的实力。因此可以说，有能力不等于有实力，也唯有具备实力才能得到他人的真正尊重。而若是仅仅有点儿能力就想被人高看一眼，显然是妄想妄念。

年轻人只有通过历练和摔打，才能逐步成熟起来。但是，如果成熟之过程需要以消耗个人的基本良知和责任为代价，那么，这样的成熟反而会成为了一个大问题，进而影响他们的人生。

处于年轻阶段，应该多读读养精蓄锐、蓄势待发的历史典故，而不能过于热衷那些背靠大树好乘凉的现实故事。因为人生之路在于一步一步去走，而绝非图轻松、想便捷、靠在别人身上就能实现。

另外，即使借势亦或寻求背靠大树之机会，也要懂得这样一个道理：大凡根深叶茂的大树之下，大都寸草不生。况且树荫之下乘凉者众多，没有能力、缺少智慧，根本不可能靠上；即便削尖脑壳挤出一点儿空间，也会因为根基不稳、竞争残酷等原因，最终被后来者踏在脚下。所以，求人助己不如依靠自己。即便自己是一棵小树，只要常经风雨、不吝投入，虽不敢说能长成参天大树，也总有可能纳归一片森林，进而有着属于自己的位置与空间。

有这样一句话："人生的最大痛苦，莫过于过度追求造成的；人生的最大难点，也莫过于平衡自己的追求。"这就是说，人在追求上要讲究一个"度"，而要平衡这个"度"却并非那么容易。所以，要想不自寻烦恼，要想在平淡中精进，还真是人生的一大难题。

那么，有没有应对的诀窍呢？应该说，有，并且还极其简单。这个诀窍就是：既要"深深的静"，更要"淡淡的喜"。前者，对应的是生活中的"定"，它让我们安于平静、不自寻烦恼；后者，对应的是生活中的"觉"，它让我们乐于平静，不觉得无聊。而只要坚持做到这两个方面，便可收获"定觉合一"的人生智慧。

第五节　一览众山小

"不畏浮云遮望眼，自缘身在最高层"，只有登高望远、超越自我，方能拨云见日、把握大势。

何为格局？格，是指人对空间范围内事物的认知程度；局，是指人所做的事情以及事情的结果，合起来称之为格局。由此可见，格局乃是认知与实践的综合产物。由此可言：眼高手低，不为格局；眼低手高，难为格局；眼低手低，没有格局；眼高手高，才成格局。亦可以说：心中有事，装作若无其事，便是阅历；心中有事，还能若无其事，便是格局。

生活的意义不在于抵达任何地方，而在于发现自己在哪里、向来在哪里、已经在哪里。知道自己在哪里，叫"清醒"；知道自己向来在哪里，叫"本色"；知道自己已经在哪里，叫"境界"。而基于清醒、不忘本色、持守境界，则是构筑人生价值的核心要素。

人就是这样，在年轻的时候，常常会对那些己所不能的事情，轻易就会充满一种极端的仰视与羡慕。而随着社会阅历的不断丰富，特别是随着自己的视野渐渐开阔，对于很多事情的领悟便会悄然变化，再也不会像年轻时期那样盲目直接、容易短视。

其实，一切烦恼，皆由心生；内心豁达，才有乐趣。人生之过程，就如同爬山一样，登高而望，看风景固然不错，但是离不开从下往上爬的过程。只有经历过那一路沟沟坎坎的辛酸，也只有领略到那一路不断变化的风景，才会发现那登高而望的世界，不是那么虚幻。

有时候，也许就是在那么几个很是平常的瞬间，我们会突然感到自己的变化。这其中，最让我们惊讶的是，脑子里的理想突然变得务实而清晰，自己的前行之路也突然会变得清晰明了起来；尤其是伴随着这些变化，我们内心的那些浮躁与盲动，会奇迹般地开始沉淀，进而对待生活、对于未来，会在不知不觉中拥有更多的从容和自信。

这是什么？这就是醍醐灌顶的明悟，这就是人生积累的升华。

理念理念，不理不念，能理才会被念；思路思路，不思无路，同思才会共路。人只有明白了这个道理，才会干之会干、干能成事，进而才会拥有协同共进的发展趋势。

当人们已经习惯按照大人的视角看问题，又有多少人能够想到孩子的视角？其实，这个视角极其珍贵，恰恰能够看到我们这个社会的根本价值，因为孩子的视角不仅单纯而且直接。而这，正是我们人性所需要的东西，也正是我们这个社会应该积淀的东西。

其实，人生的大部分时间都如同钟摆一样的晃悠，而真正的成熟就在那么几个瞬间。所以，人之最贵，莫过于始终如一。这看似单纯直接，却能积累生命的厚度。

有这样一种人，他们说话幽默、为人随和，谈什么事情都如同朋友聊天一般，那么容易让人走近，也那么容易让人接受，但是他们却从来不把心中的沟壑轻易显露出来。实际上，这不能不说是一种优点，也不能不说是一种能力。

就此可以想象，他们也是在生活中摸爬滚打了许多年，怎么可能会如同外在表现那般简单？但是，他们就是能够克制住自己的心态，就是能够保持住豁达平和的心性，这样的人显然是很了不起的。实际上，"善变之人多诈，突变之人多枭"，有些人就是能够反其道而行之，上善若水、始终如一。

一个人最大的成就，既不是一呼百应的威势，也不是定于一尊的权势，而是具有能够指导他人行为的思想。正可谓"思想高于一切"，若是能够影响他人、指导他人，那自然是超越自我人生的更大成就。

所以，我们千万别小看这样一种人，他们既能在实践中游刃有余地处置错综复杂的矛盾，又能在思想上与他人同甘共苦、打成一片，这样的为人风范，实际上为的是大公、守的是大义、求的是大我，他们的思想也已经超越了自我，正在走向更高的人生境界。

仕途之路，伴随着位置越高、责任越大等诸多考验，实际上，每一步都如履薄冰，每一步都要负重前行。能力不足、德之缺失者，更要慎之又慎。否则，一旦从仕途上跌落下来，就不是跌到了人生的起点，而会跌落到人生的负面。

庄子曾言："举世誉之而不加劝，举世非之而不加沮。定乎内外之分，辩乎荣辱之境，斯已矣。"意思是说，一个人，全社会的人都称赞他，他却并不因此而更加勤勉，全社会的人都责难他，他也并不因此而更为沮丧。他就是他，所有的荣辱是非，在他眼里都是身外之物，这样的人才能守住内心的安宁。

有时候，人生就像考试一样，总是有着许多选择题，并且必须选择、无法回避。但与考试不一样的是，考试通不过可以补考，人生却是单行道，根本没有补考的机会。所以，人生定位关键在于选择；而选择上的唯一性特点，又让选择难上加难。

那怎么办呢？实际上，人各有志、事法不同，人的潜质能力又差别很大，因此也就根本不存在一言定人前程的经典之法。其实，越是难以选择，越是没有必要硬去选择；越是难以定位，越是没有必要马上定位。"青山遮不住，毕竟东流去"，什么事情都不可能一成不变，什么选择也不可能永远正确。而只要努力做最好的自己，终有一日，定会还给自己一个意外而又难以想象的惊喜。

在团队建设中，"位置认同"是一件很重要的事情。只不过，而今问题的关键，不在于每个人能否看清自己的位置，而在于很多人明明自己的资源不行，还瞧不起别人；自己的能力不够，还自我感觉良好；自己的情商较低，还摆出一副清高觉醒的样子；自己什么本事都没有，还好高骛远净想好事。如此一来，不仅造成了团队建设的复杂性，而且也很难凝心聚力，进而让团队事业有所突破。所以，世界上最难的事莫过于认识自己，这个问题解决不好，团队建设的基础很难牢固，因此也就很难有凝聚力、战斗力。

"不和重要的人计较不重要的事，不和不重要的人计较重要的事"，是成就事业之根本。所以，当一个人站在巅峰的时候，最痛苦的事情不是没有合作伙伴，而是没有一个重量级的对手。

我们绝大多数人是生于平凡的，而为了改变这种平凡，很多人也都选择了求学之路，进而拿到了改变平凡的敲门砖。可惜的是，大多数的我们仅仅热衷于改变身份上的平凡，而不热衷于实践，将学到东西变成一种有用的价值，进而对工作有利、对社会有益。即便多多少少做出一点成绩，也很少乐于奉献去放大、勤于思考去提升，所以，也就难免"众之熙熙有我在，人之攘攘不缺我"，最终看似改变了一生，其实没有多少改变，改变的仅仅是生于平凡的不平之心而已。

没有实力而空喊大话的人，往往结局不好。这是事实，也是普遍规律。由此便可判定，在没有足够大的舞台之前，任何人都是无名小卒，所有人都需小心做人。否则别说前途远大了，即便"守住当下"也会遭受打击。

作为一个成熟管理者，其思维境界一定是：速度比完美更重要，借力比用力更重要，勇气比专业更重要。由此，也就决定了优秀员工未必能够胜任管理岗位。因为思维定式之不同，往往会让愈加专业的人，愈是难以跳出固有的思维定式。

一域之极，总有变代；一事之态，总有局限。打开局限而追求改变，自然会创造一片新的天地。所以，一个人能力的强弱，不在于位置高低、权力大小，而在于能否从复杂的局势之中找到一条明晰的道路，然后平衡各方面的矛盾，最终实现自己的目标。

实际上，这就如同航行中的轮船一样，如果把不住舵杆、控不住方向，那一定是极其危险的。"思想如同舵杆，把控取决时变"，只要能坚持坚守于此，即使暂时有人不服，行驶一段时间，大家就会认可。

常言道："胸中有丘壑，笔下有文章。"其实就这两句话来讲：前者，乃功成之基；后者，是文骨之风。若是能够融二者于一身，自然会拥有儒雅瀚通之才。

对人的评价，往往会因为某些偶然性事件而出现一百八十度大转弯。尤其对于年轻干部更是如此，一旦他们身上发生了影响性较差的问题，那么，对他们的评价就会发生一定的转变：以前说是年轻有为，现在就成了年轻气盛；以前说是敢于决策，现在就成了盲目冒险；以前说是铁面无私，现在就成了领导能力不太成熟。这个时候，若是年轻干部沉不住气、稳不住神，那必然会遭受更大的打击，进而让自己陷入更为艰难的困境。

由此看来，对于人的考验，常常会来自一些偶然性问题。尤其是在这些问题之背后，不是个人所能驾驭的，而是与某些大势、大局有着一定关系，因此，便会最终导致一些人的牺牲。因而可以说，想干事，是基础；会干事，是能力；干成事，是水平；不出事，是智慧。尤其是不出事之智慧，是极其重要的，也只有通过持续不断的历练才能积累起来，所以才有"吃亏是福"之说法。

一个好的干部，做事情应该是润物无声的，如果只能借助上级指导与决策来达到自己的目的，这本身就说明其能力有所欠缺。实际上，也恰恰因为如此，决定了有些人可以重用，有些人只能处于配角地位。

现在的年轻干部，冲劲儿多的有的是，而能够收放自如、刚柔并济的则少之又少。所以，年轻干部需要加强岗位锻炼，尤其要加强对复杂矛盾驾驭能力的锻炼。只有基于一方局面的掌控，进而了解现状、探求进取，即便思路有些天马行空，但是只要自己的思想都是围绕大局出发的，便能逐步成熟起来。

所以说，什么叫深谋远虑？其实就是：既能沉下去又能高站位。"学会蹲下，才能跳得更高。"没有基础何能跳高？不能登高何以望远？由此也就决定了：年轻人最重要的品格就是要有奋斗之心，除此之外，还要有执着之心，这两点非常重要。

第五章

万紫千红总是春

谁会凭栏意

聊赠一枝春

疾风知劲草

纸上得来终觉浅

飞起沙鸥一片

第一节　谁会凭栏意

沉舟侧畔千帆过，病树前头万木春。管理是个大课题，有难度更有深度，需探究更需创新。

　　现在虽然处于市场经济时代，但也仍然存在许多计划经济体制业态。这些业态，不仅有着自己的运营规则，而且往往与市场经济有着或隐或现的天然屏障；它们的业务，通常会基于职能安排而比较繁荣，可是这种繁荣很难经得起市场扰动、政策调整，一有风吹草动便会运营困难。

　　特别是，它们的员工由于长期受着比较封闭的体制影响，所以，对于企业依赖性大都很强，却又常常对企业比较冷漠；即便面对各种改革，也仅仅习惯于从一个围城走向另一个围城；一旦真正遇到重大改革冲击，这种思维习惯便会轰然倒塌，而一切曾经的拥有，都会随之变得毫无生机，人也会变得毫无斗志。

　　垄断，便会傲慢。而具有傲慢心理的企业，自然不会将自己当成面向市场、为消费者服务的企业，而是高高在上的官僚组织。如此一来，自然会被市场所唾弃，进而成为被改革的对象。

　　我们知道，一个人如果摆不正位置，早晚会被自己的傲慢所累。企业也是如此，如果偏离了企业属性而摆不正自己的位置，同样会被市场所抛弃。另外，只讲职能服务而没有核心竞争力，同样脱离不了"危之少变，亡之不变，兴之快变"的竞争规则。所以，即便变中有危，还是应该早变为好。总之，任何处于保护形态的经济体系，终将会被打破。而破局的方式，要么破而后立，要么破而后改，这很关键，也很重要。至于具体操作方式，需要具体问题具体分析。

改革好比战争，要么不开展，开展就要有必胜的把握。否则，一旦开展而达不到既定的目标，再想对此有所作为，不仅实施的难度会增大，甚至根本不可能再进行下去。

其实，评价任何一项改革，群众的看法是一个最大筹码。因为这常常会成为定局改革成功与否的关键要素，所以，任何一级领导都不能忽视群众的看法，更不能偏离群众看法而强力维护局部利益。

只要改革就会不可避免地面对矛盾，特别是深水区的矛盾。只不过很多人通常会顾及稳定问题，进而对改革与发展的重大问题反而不是那么用心，所以，才会导致诸多的改革要么走走停停、要么修修补补，而很少能够聚焦本质、抓住关键，一步一步地落实到位。其实，追求稳定没有错，但是为了稳定而慢改革甚至不改革，那就有些舍本逐末了。

实际上，不论是改革还是发展，都是在阵痛中摸索前进；没有尝试的勇气和前进的决心，一定不会有成功的希望。有时候，哪怕是艰难曲折、困难很大，也可以从中吸取经验教训，进而再行出发、再寻突破，如此才有成功的可能。

怎样寻求改革之点呢？显然：等，肯定不行；靠，难以把握。实际上，聚焦改革之点位完全可以通过外在手段进行营造，比如巡视、审计、对标、竞争性评价、收益性评估、领导班子履职能力调查等等，都可以从中找到改革的切入点。

可以说，一些依附政府支持的国企，抵抗风险、应对危机的能力大都很差，这也往往会给人一种恨而无奈、弃而可惜的感觉。可一旦要对其进行改革，它们通常会一下子由可恨变成了可馋，原因就在于它们是一块肥肉，很多人都想在改革的过程中啃下一块。所以，国企改革一定要注意：对外，要防止国有经济遭受针对性打压（外敌）；对内，要严控经营活动毫无章法、胡作非为（内耗）。只要抓住了这些关键环节，改革才会平稳有序、增益无亏。

国企问题在于体制与机制，而不在于资源与市场。只要从体制机制上加以破局，特别是要解决好内部人的问题，企业虽然还是那个企业，但会焕发出不一样的生机。

任何一项改革都会触及一些利益攸关方，并且它们势力愈大，改革的阻力也就愈大。只不过，它们一般会营造一种舆论来对外施压、误导于人，但也仅仅会"只听其声，不见其人"。说到底他们只敢在背后嚼嚼舌根子，而不敢真刀真枪暴露出来，不过是一群纸老虎而已。

越是亏损企业的改革，越是需要掀开老底，看看里面究竟是怎么一回事。但是，只要掀开就不可避免会暴露很多问题。怎么面对这些问题？显然，不解决是不行的，而要解决又不能倚重原来的力量，只能通过寻求新的支持力量来加以解决。

就企业而言，与其被改革，倒不如主动自我革命。因为被改革只能在忍受中放弃，而主动革命，机会才会抓在自己手里。况且，市场经济体现的就是实力竞争，所以，欲想寻求支持，当须自我强劲，也只有自己具备爬坡过坎的能力，他人搭手帮忙才会顺其自然。

企业迷茫较之人的迷茫更为复杂，这不仅涉及发展定位的难以寻求，而且更会由于系统性矛盾的叠加影响，让企业难以找到动力支撑。

实际上，企业迷茫的本质，主要取决于不可控因素大于可控因素。正因如此，即便企业找到了适合于自己的发展方向，也会因为动力因素的部分缺失而很难破局。如果加上企业迷茫给员工心理带来的负面影响，那便会导致一盘散沙的思想混乱，进而把企业推向更深的泥潭。

改革只要是基于公正去设计、基于正气去运作，就一定会取得良好效果。而那些所谓的不成熟、不时宜，往往与立马见效、立竿见影只有一线之隔，因为：不成熟，干起来就会成熟；不时宜，走下去就会时宜。所以，那些讥笑别人不太成熟、不懂规律的人，其实自己才是真正的看不明白，他们的思想不过是局限于自以为是而已，根本看不到问题的关键点。

站在企业家角度去考虑如何做好企业，与站在官员的视角去考虑如何管理企业，虽然只是区别于"做好"与"管理"这两个字，但其背后的意义却大不相同。因为：做好，乃追求卓越之根本，需要全力以赴；管理，是规范合理之行为，需要公开透明；二者看似目标一致，实则在运行规则上大不一样。概言之：前者为领导力量，后者是运营体系；前者不能回避后者，后者不能替代前者；若是将二者人为区别开来而强调一方之重要，便会导致"既做不好也管不好"的结局。

我们搞企业，既要懂得正常收支，更要懂得非正常损失，尤其是后者，若是了解不深、掌控不住，即便是再好的企业、再大的营收，也是经不起没有节制的细水长流，更是经不起人人随意的铺张浪费。

我们常讲要开源节流，其实节流重于开源，一旦节流成为一种习惯、一种自觉，便会调过头来形成开源的动力，进而让企业运作更加健康。当然，节流也分大小：支出性节流属于"小事"，可以通过严谨的管理方式加以解决；结构性节流则是"大事"，只能通过系统的改革方式才能实现。

只不过，大凡改革便会涉及利益调整，尤其是人的问题调整，这往往会导致本是管理的问题复杂起来，进而转化为稳定问题。而要解决这种问题自然难度很大，似乎"接口"问题解决不好，"关口"问题往往很难决断。所以，企业问题说到底是"人业"问题，不能下决心解决人员"能进能出"问题，企业便很难会有活力。

企业中之最关键问题，在于经营。如果经营状态比较好，便会让很多问题掩盖下来；而一旦经营状态比较糟糕，不仅会暴露出很多显而易见的问题，而且支撑企业的构架性矛盾也会暴露无遗。

实际上，资源禀赋、经营机制、人才支撑、发展定位等诸多方面，是联动一体的企业经脉。通常情况下，企业之好，在于经脉盈通；企业之差，在于经脉不畅。因此，关于企业经营，也就需要通过系统思维而徐徐图之，通过战略聚焦而持续打造。当然，不是什么事情都能达到预期愿望，并且难免会滋生不解、产生矛盾。而这，实际上正是企业之本，是企业每天必须面对且要解决的事情。

企业有四个杠杆，分别是：市场杠杆、管理杠杆、财务杠杆、现金杠杆。只有将这四个杠杆共同撬动起来，企业才能赢得最大效益空间。所以，就企业员工而言，跟着不懂市场的领导干，一定既没有前途又长不了本事；跟着不懂管理的领导干，一定既学不到才能又长不了智慧；跟着不懂财务的领导干，一定既做不大企业又要承担风险；跟着不懂靠钱生钱的领导干，一定既吃苦受累又没有钱景。

真正的企业家，从来不会让企业资金不流动，因为只有资金流动起来，才能产生效益。基于此可以看出，大凡沉淀过多资金的企业，企业家的经营意识是存在问题的。

资本运作是一门科学，并且愈发展愈是更加复杂。因为要想让资金在流转中增值，是一项科学而不是一门技术。虽说资金是水，只有流动起来才能汇聚成海。但是，怎样流动？往哪个方向流动？怎样流动才能见效更快？显然，仅仅通过技术分析是很难断定的。另外，投资实业固然很好，也可以说是一种比较稳妥的投资战略，但是，如果仅仅固守于此而不懂得如何运作资金流，不仅做不了大事，而且很难成就大的事业。所以，关于资本运作的科学性，既不仅仅是金融思维，也不仅仅是实业思维，只有将二者融合起来去分析，才有可能找到正确方向。

领导企业抑或管理部门，其大忌就是试图将治下变成铁板一块。毕竟任何组织形态都有一定的利益属性，而人的因素又往往会将这一属性变得比较复杂。况且"铁打的营盘流水的官"，越是将它们经营得水泼不进，反弹力就会越大，后遗症就会越多，有些时候甚至后患无穷，直至影响企业与部门的健康发展。

其实，就领导者而言，无外乎只有两个最终结局：一个是当时就"挨骂"，一个是过后才"挨骂"。而对比来看，还是当时"挨骂"比过后"挨骂"更好些。因此，也就应该多讲民主才好。

凡是主导改革之人，必须要有一股子正气。只要正气充盈、措施合理，便能堂堂正正地赢得群众拥护。若是心存杂念、携私其中，一定会战战兢兢、畏畏缩缩，进而也会找出很多理由来异化改革，而不敢担当负责。

其实，有些人就是如此，每逢大事理由多，己不担当还责人。满脑子都是小家子气的勾心斗角，而从来不会也不善于从改革的矛盾中寻找立足点、抓住关键点；甚至还会从内心深处耻笑他人，认为他人不谙世事、不懂规则……其实这一切的表现，不过是一种坐井观天的表现形态，其人也一定不是可堪大用、能担大任的栋梁之材。

在比较特殊的环境下，要想打造一个高质量与高效能的发展组织，显然不是一件容易的事情。这不仅需要改变传统化格局、破除传统性阻力，而且需要基于高超智慧去解决当前与长远、局部与整体的矛盾。而针对这样一些累加性问题，加之人的思想很难统一，所以对领导者而言，无疑既要拥有强大持恒的忍耐力，又要拥有杀伐果断的决策力。但是，如此情形也就决定了领导者之角色，不仅高危而且高压，不仅难有个人空间而且还要忍受住来自众目睽睽的各种评价。

成绩与问题，是不同维度与不同内涵的两个概念。所以，通常不能用"成绩大于问题"抑或"问题大于成绩"来加以比较。成绩固然重要，但是没有问题更重要。

当然，"为了不出事，宁肯不干事"的为官之道，显然错误之极，这不仅会带坏政治生态，而且会动摇干部队伍作风的根基。所以，也就需要在加强干部能力评价的同时，科学合理地建立容错纠错机制，只有这两个机制同步进行，才能保持干部干事创业的积极性。

第二节　聊赠一枝春

基业长青，干部为要，人才为先。管理最核心的要素是人，人是管理活动中最为关键、也是最为复杂的因素。

人，是所有事情的根本，正所谓"事在人为"。所以，只有用人正确，才有成事的可能。

"人事"一说，可以理解为"先做人后做事"，也可以解释为"先用人后成事"。其区别不过是：前者对自己，后者对工作。

很多时候，领导者就好像一个中医大师，所要做的就是想办法通过调整各种中药的功能，确保总体药性在中正平和中突出某一方面作用，进而达到药到病除的效果。而想做到这一点，显然，懂得平衡是非常重要的。

就领导学而言，掌握领导节奏似乎比掌控工作权力更为复杂。掌控工作权力，主要依靠的是"权威"二字，以一种自上而下的压力让所有人为之服从；而掌控领导节奏，则是以平和的态度和完全让人心悦诚服的能力，只引领方向而不管具体事务，却依然能够让人按照其节奏前行。

职位是什么，说到底是承载责任的权力。所以，只要属于权力范畴的事情，便是责任的共同承载形态，也便不能由个人说了算。而跨部门、跨层次、跨系统、跨行业之干部交流，因其专业不同、文化不同、背景也不同，不仅会对工作带来不一样的看法，还可以防止工作上的同质性，进而会拓展认识通道、聚合思想精华，最终有可能会将许多负面对抗转化为正向支持。所以，任用干部之多元化，是必要的也是必需的，最起码会防止"近亲繁殖"之弊端。

企业发展质量之高低，主要取决于干部队伍水平，特别是干部作风建设水平。因而，不论在任何时候，都要把整肃干部作风摆在重要位置。而目前最有效的方法，就是通过公开述职进行业绩晾晒、思想晾晒，进而通过领导点评、群众评价，让各级干部"红红脸、出出汗"。除此之外，还要建立科学规范的选拔任用机制，进而让"能者上、庸者下"成为常态，最终以增强干部队伍战斗力为目的，关键在敢担当、干实事上集中精力、强化落地，才能为高质量发展奠定良好的领导基础。

就企业而言，干部任用之重点看似基于"工作需要"，实则通常考虑专业特点、年龄搭配以及个人能力等方面。但在有些时候，企业所面对的恰恰是不破不立的局面。所以，在干部队伍的选拔配置上，特别需要结合企业与部门实际，"就问题换干部、就发展配干部"，而不能一味讲究专业需要、稳定为上。要以高质量发展为主要方向，去进行人才接替、强化动能转换，切不能把做事求稳变成用人求稳，而缺乏长远战略眼光。

团队的打造、班子的建设，既是一门很深的思想艺术，又是一种细巧的组织工作。具体来说，要想形成一个思想统一、凝心聚力的团队，对于领导者而言，既是考量个人能力与素养的过程，也是考验自己心胸与智慧的关口，这主要在于：单纯凭借权力去收服人心，一定会让人口服心不服；仅仅依靠小恩小惠去笼络人心，自然也不能长久；唯有通过思想来赢得他人认同、通过能力来赢得他人认可、通过胸怀来赢得他人支持，才会最终赢得他人的追随。而由此所形成的人格魅力，往往与人生观、价值观有着很大关系，也最为受制于人的格局与境界的影响。

所以，能领多少人、能导多远路，关键取决于"领"之责诚、"导"之智慧，也就是在这"领"与"导"的综合考量之下，才能够塑造集体力量、团结统一战线。

人群聚集，可靠利而诱之，但不长久；人心聚合，唯靠义而引之，方能长远。而义之关键，重在责为大者。因此，若能知责于心、履责于诚，以身作则，小我求公，自然会让人格魅力得以彰显，进而让众人拥护在自己的周围。

首先领导班子的权责要与一个单位的发展方向和战略实施相互对应；其次要基于大家来共同出成绩、赢战绩，进而争任务、抢机会。而不是雄心勃勃、只求风头，单纯凸显个人英雄主义。

集体决策虽然讲究民主，但也不允许出现乱弹琴的现象。所以，诸如另起炉灶重新议题，抑或随意把选择权、建议权看成是决定权，实际上都是不成熟的表现。

有道是：下棋起步先拱卒。其实这种做法，既是向对手的一次开局试探，也是谋求为自己的棋子腾出一方空间。车，虽说威力很大，上下左右皆可通吃，但由于棋子在开局之初星罗棋布、相互牵制，根本腾不出让车长驱直入的空间。所以，不走出自己的围城，车的威力还不如前排的卒子。

用人之道，上策为用人心，中策才是用人。一个单位（抑或一个团队）是否具有战斗力，首先要让大家具有凝聚力。而要解决这个问题，单纯依靠思想教育是不行的，要从人性角度去研究、去施策。

实际上，国人好面子是最大的人性。围绕于此，若是能够提升单位与个人的收益（当然需要协同提升），并且最好是跟周边环境搞出差别化来，那一定会在不知不觉中，增强员工的荣誉感和凝聚力。

对于现今领导干部而言，要想让人才跟随自己，就自然要为人才着想，如果属下人才为生活而犯愁，一定很难把精力集中到工作上。所以，如何确保人才既有幸福感又有获得感，还能踏踏实实做事，是很考验领导干部驾驭人才能力的。就此，或许领导干部的一个重要职责，就是想办法保证人才的收益增长。这也许比较庸俗，但一定十分有效。

授人以鱼不如授人以渔。这句话用于企业，也就需要既重视待遇又注重绩效，而不能将二者分别开来。因为：仅仅只有前者，会养成人之惰性；唯有将二者统筹考虑，才能激发人的积极性。

当然，真正的激励，不是短暂的感悟，而是终身的记忆。所以，能够制造感动的激励，才是最好的激励，除此之外，皆是浮云。

要想驾驭顶尖人才，必须要让他们有个目标，进而让他们竞争起来。而这种竞争必须合情合理合规进行，如此才能有着公平公正的科学裁决。可以说，这既是驾驭人才的平衡之道，更加激发人才的用势之道。

识人辨才，确确实实是一门学问。比如说，有的人能够一眼看透，有的人却需要接触很长时间，才能有个大致了解。其实，智慧，不凭表现凭心灵；友谊，不在一时在平时。触及不着心灵、经受不了岁月，只能识人其表、辨才不深。

生活中的很多事情，就是比较奇妙。有人锱铢必较、到处钻营，却未必能够得到；有人安得其利、顺势而为，却往往能够出人意料。这就说明，虽然人心是趋利的，但是人性却又对公平正义充满了渴望。

一个人努力，总是有单枪匹马的疲惫；一个团队同行，才会拥有持久不懈的战斗力。而作为一个团队，就必须有人攻城略地打头阵，也必须有人统筹协调作后盾；尤其是作为多点开花、多元业态之组织，必须明确"管总、管建、管战"的责任体系，而一旦哪个环节存在短板，便会大幅降低团队的整体效应。所以，衡量一个人的努力，可以看疲劳程度；而衡量一个团队的效能，则应该以整体的执行力为重要参考。

日常工作中，经常会存在信号层层衰减、执行逐级退化的现象，而最终的结果自然达不到预期、预判、预想、预计。其实，工作要求在执行上的不畅，很大程度是缘于沟通的不到位。尤其是针对一些矛盾的解决，如果"上"之没有一个开放坦诚的心态，又低估"下"之实际困难以及具体矛盾的复杂性，那自然会导致矛盾愈加放大，进而也就很难保证执行上的到位。所以，任何问题的解决，必须深入基层进行调研、深入群众了解情况，基于此来制定政策、推动工作，群众接受起来才会感到亲切。

决定一个企业团队是否成长的关键在于：领导教会下属多少工作技巧，下属学会领导多少工作方法。如果领导者仅仅强调做人做事的道理，而不去教导具体问题的解决方法，领导力就会大打折扣。同样，如果下属员工不去主动学习领导者的具体工作方法，甚至仅仅局限于个人思维开展工作，执行力就会走向衰减。

什么叫说服力？说服力就是能在最短的时间内，找到对方最关心的话题，从而把他变成你的同盟者。而要实现于此，实际上是很困难的。就此，《鬼谷子》有云："故说人主者，必与之言奇。说人臣者，必与之言私。"这说明，对牛弹琴不是牛的错，是人的错；这也说明，这世上没有一种说辞可以打动所有人，因为每个人关心的东西并不一样。

官职分大小，但是官僚主义却不分大小。甚至有些时候，越是末端官僚主义，越是有着更为直接的危害性与破坏力。比如，一杯清茶捧一天，一张报纸反复翻，一台电脑胡乱点，虚度光阴心还烦。此类人等如果在一个企业多了起来，这个企业一定没有活力与前途。

现今，因为干部交流之规定，所以有着很多空降干部。而他们面临的最大难题是不带一将、不领一兵。如何尽快熟悉工作、进入角色，进而在自己分管的领域迅速形成战斗力？其实，最为有效的办法应该是：抓住一点大力扶持，进而树立样板，形成一种比较态势。

就交流干部而言，在受制于时间短的情况下，只能交叉使用原来的人；而怎么使用则需要政治智慧与高超艺术。但是，不管怎么样也要相信，很多事情就是由偶然构成的，也正是因为偶然，便会显示出：某些平常，实际上不平常；某些平淡，实际上不平淡；某些事情，因为不同人推动而不同凡响。

为什么同样政策、同样要求，会出现不一样的落实效果？其中一个很重要的原因，在于人才。实际上，人才确实好用，人才也确实难得。只不过，放眼我们生活乃至工作的各个系统，还是有着不少的人才没有得到有效利用。原因何在？主要在于使用人才的方式有着太多的限制：对下条条框框，对上难以贯通，不仅已成痼疾并且难以突破。

怎么办？有句话说得好，人要自强自立。企业也是如此，尤其是当企业处于人才力量单薄的时候，一定要围绕"手上的牌太少"这一问题，在梯队建设上有所突破。若是捉襟见肘，那是领导的问题；若是脱层断链，那更是领导的问题。总之，要想转动事业发展的大盘子，领导者就应该以一荣俱荣、一损俱损的战斗姿态，实施人才战略。也只有如此，才能以人才大计来支撑事业发展的百年大计。

一匹狼领着一群羊，狼最后的结果只能是累死。这可谓是现今很多企业之现状，也可以说是很多企业领导的无奈之根。那么，一匹狼领着一群狼就行吗？实际上，领好了很难，领不好的概率更大，因为这既涉及人才管理的问题，也涉及领导者的战略驾驭问题。

实际上，"人才管理"需要通过体制机制来催生，如果人人都能安于其所、得心应手，那自然会成为狼的团队；"战略驾驭"主要取决于领导者的自身能力，唯有格局要大、布局要稳、引领方式要科学，既不能让下属看不清方向，又不能把关键棋步走废，才有可能将狼之群体变成真正的狼性团队。

其实，领导方法并非多么复杂，只要把握关键的两点，一是实事求是，二是迎难而上，就没有解不了的难题，也没有干不好的工作。至于那些小伎俩、小花招，都属于末技小道，根本登不了大雅之堂，也解决不了实际问题。所以，要想控大局、干大事，就要具有控大局、干大事的心胸和气度。否则，领导者即使再是聪明，即便是个人才，也不过眼界太窄，只能看到针鼻大小的地方。

有些干部，重视下属敢于担当、立断立决的工作行为，而有些干部则要求下属必须按照自己的思路去做事。其实，大凡属于工作性质的领导关系，真的没有必要控制得太强，只要从制度层面确定好原则与目标、规划好流程与标准，就完全可以放手推动。

至于怎样具体做事，反而更加需要下属开拓创新、放手一搏。因为集体的力量是无穷的，只要每个人都发挥出个人的优势和能力，就自然能够发挥出1+1＞2的效果。

　　作为领导者，常常容易给人留下一个固执己见的印象，而很难给人一个从善如流的印象。其实，领导者的思维，虽然从境界层面要高于一般人，但也不排除有着认识上的局限性。因此，能够审时度势、进退有据，无疑是比较智慧的表现，而不以一时意气之争做出无谓的事情，才是非常明智的选择。所以，从善如流是很有必要的。

第三节　疾风知劲草

忠诚与担当，历来是衡量领导干部是否合格、领导能力是否过硬的基本标准。

　　"行大道，民为本，利天下"这九个字，不仅有着极其深远的文化内涵，而且有着极其深刻的人生价值。具体而言：

　　行大道，出自唐代诗人杜荀鹤《题会上人院》"鼓角城中寺，师居日得闲。必能行大道，何用在深山"。从诗中喻义可以看出，行大道比喻前途坦荡而宽广。

　　民为本，出自《尚书·五子之歌》"民惟邦本，本固邦宁"这句话。可以说，这是儒家民本思想的一种反映，认为万民百姓是国家的根本，治国应以安民、得民作为根本。就此，孟子曾说"民为贵，社稷次之，君为轻"。由此可见，只有坚持以民为本，才是真正的光明大道。

　　利天下，出自《墨子》"摩顶放踵以利天下"这句话。就此，孟子也说："墨子兼爱，摩顶放踵利天下，为之。"意思是说，不辞辛苦劳累，即使从头顶到脚跟都擦伤了，只要对别人有利，也心甘情愿地去做。这显然是一种大利天下而无我无私的博爱情怀。

　　大凡有着体制性保障的人，总是或多或少存在一些问题。比如，面对责任之担当，"担"的程度有多重？面对利益之取舍，"舍"的程度有多大？面对工作之落实，"实"的程度有多少？实际上，不论怎样认识，也不管怎么表现，他们一定会与市场竞争下的标准有着一定差距。

　　重视人才队伍建设，是现今领导干部常说常用的一句话，但是到底怎样重视、如何才能落地，却大都没有一个相对成熟的操作规则。实际上，从人才的本质特征来看：人才，既有一般人的普遍特征，也有超越一般人的独特方面。因此，从领导层面则必须注重以下三点：

一是用人之巧在于非常规挖掘。因为通过常规化渠道发现的人才，要么被人塑造，要么被己包装，早已偏离了本质内涵。而真正高明的方式，则在于领导干部能否从不被注意的角度去发现人才，去发现那些处于基层深处的人才——实际上，通过轻描淡写的举措，凭借看似毫无意义的举动，去撬动所属领域人才的进取之心，才是妙不可言的择才智慧。这往往不需要任何性质的宣传，也不需要耗费多少的精力，便会提高人才考察的针对性；同时能够引导精英人才脚踏实地，通过本真的自我、本能的作为来获取被发现以及重视的机会。

二是用人之道贵在坦诚相待。正所谓：知人善任、不拘一格。实际上，用人之道既需要胸怀更需要境界，因此，对什么人都不能一竿子打死，对什么事都不可一下子否定。既要有容人之量，不计前嫌，用人不疑；又要抓大放小、不拘小节，让人才尽可能地有着施展才华的空间。

三是用人之法重在灵活多变。关于人才的使用，无非是先考察后使用、边考察边使用、先使用后观察、也使用也观察。而如此这些用人之法，主要取决于因人而异、因事不同；若是能够在应对之间达到"德能配位、能而配职"之目的，则为真正的用人之道。

世上没有从天而降的英雄，只有挺身而出的凡人。由此，只要身为领导，在看人的时候就必须目光长远。不能只看到下面的人具体都做了哪些事情，哪些人做出了政绩；还要看下属的用心和布局，看到下属为人处世和人品，看到下属的智慧和手段，看到下属的平衡和驾驭之术。而这些，才是衡量一个人是否具有培养潜力的根本。

有分歧而不决定前进的方向，是领导班子最大的问题。这样的班子不仅应该调整，甚至需要将部分成员调整到非领导（非重要）岗位上。因为有分歧是正常的，而不决定则不正常。且不说，居其位而没有决策的胆识与能力，能否履要职、担重任；即便是讲究民主决策，也不能丧失集中的权利，更不能丧失为单位谋求发展的责任。

职场之上，讲究是在其位谋其政。但是，在其位就有压力，谋其政就可能要得罪人。所以，职场中人一定不是一个自然人，而是一个有责任的人。既然是一个有责任的人，那么，很多时候有争议并不可怕，可怕的是既无所作为又世俗平庸，因为责任既是压力也是压舱石，缺失了这个而不干事又圆滑，即便不会被群众评价评到下台，也早早晚晚会被整肃之风吹到沟里。

现实生活当中，有些事情是必然要了断的，因为事情既然出现了就躲不掉，躲不了就要面对，这是基本常理，也是把握生活、驾驭人生的基本态度。当然，能否了断得好，还是取决于驾驭问题的能力。因而，常常便让有些人不敢面对、回避面对，更是期待有人能够替代解决。岂不知，己不决断，损人害己；时间一长，众必弃之。

干工作就是如此，即便再得罪人也要讲原则、做公正。只要坚持实事求是、公平公正，就是得罪再多人，也是代表组织、代表正义的。否则，若是一味战战兢兢、瞻前顾后，不仅工作没法做好，而且还会更加得罪人。所以，即便面对再是复杂的矛盾，即使针对再是纠结的情感，也一定要把工作摆在首位，只要工作干好了，化解不了的矛盾也会化解，不能理解的情绪也能理解。除非，矛盾之人本身就很矛盾，情绪之人原本就很情绪，那样，我们反而更需要做正确的自己。

经常被领导过问细节的人，一定不堪大用。因为对领导而言，他们的职责一般是定战略、控全局，而对于那些细节上的事情都应交给下属去做，如果没有特殊情况，大都不会过问细节问题。但是，如果领导偏偏对某个人的工作经常过问，这实际上并不是代表着领导的关心，而是代表着对这个人的不放心，而这种不放心，则在一定程度上也就代表了对这个人的不满意。

日常工作中，我们通常会将一些难以解决的问题向领导汇报，以期得到支持与帮助。但领导对此的反应态度，却很少会一条一条帮助我们梳理、一件一件帮助我们解决，反而更多是要么棒喝、要么责问、要么三言两语打发掉。

何至如此？其实，这不在于领导作风武断，也不仅仅是时间与精力的耗不起，更重要的是职责定位不允许如此。因为解决问题需要人人上手，更需要层层投入、全力以赴，如果一遇到问题就找领导，那岂不是把领导当成了"问题筐""是非篓"？如此一来，即便是神人也承受不住，反而会养成下属人员的依赖与推脱心理。反之，领导的棒喝与责

问，看似让人难以接受，却最容易让人觉悟；而人一旦觉悟起来，那么，问题也就不再是问题。

不论是工作还是生活，替人承担不能默默承受，为人操心不能过于费心。该是谁的事情，谁就应该承担起相应的义务与责任，而不应该指望别人，更不应该把别人的帮助看成理所当然。所以，也就不能依仗小聪明来拈轻怕重、回避责任，更不能凭借小手段来图私利、捞好处，甚至把手中的权力变成私器、把应干的事情敷衍了事，进而只有自己没有大家。

不可否认，人的私心无处不在也确实很难遏制，但是，一旦到了危害他人的程度，这种私心不仅没有好处，反而会反噬自己。比如说，有些人做了坏事喜欢掩盖甚至栽赃嫁祸，可能他们认为不会有人知道，岂不知世界上的事情大都充满了因果——种下什么因，往往会结下什么果；哪怕是躲过一次因果，也会从其他的角度回馈出来。

实际上，自己"私心"就是他人的"死心"，所以，何来掩盖坏事的可能？又何来栽赃嫁祸的可能？即便能够一时一事得逞，也终究摆脱不了他人的评判眼光，进而摆脱不了他人的厌恶之心。

凡事皆是如此：为了轻松而保守，万事不成；为了进步而果敢，矛盾重重。可是，即便前者确实舒服、后者自找难受，但是，作为领导者，"官不勤职，咎有难辞"，因而居其重位怎么可能心安理得、悠闲自在？所以，在很大程度上，干部并非"干不"而是"敢不"，如果对这个方面不够理解，那还真是"不值一提"；若是陷入小谬而困守心境，那也同样"不值一提"。

"官不勤职，咎有难辞"这句话，其实并非多么高端大气，较之"坦荡为民，至诚为公"等境界，远远不及一二，也仅仅是本职本责之要求的一个"勤"字而已。但是，即便如此，有多少人能够真正做到？所以，千万不要小看这个"勤"字：勤能补拙、勤以立身；宵旰忧勤、上勤下顺；民生在勤、勤则不匮。勤，既有广度也有深度，既能弥补不足也能垒筑高度。正所谓"一勤天下无难事"，基于此，若是能够在本职工作上做到专心守职尽责，进而把每件事情都做细做精做好，且不说不会发生什么过失，即便会有一些过失，那也一定会及时调整并得到他人的理解。

作为一个干部，如果没有特别突出能力，并不是什么大问题，其关键在于是否具有勇于担当的气度与抓好工作的耐心。正所谓：有担待、有气量，才能成就大事。

如果做事没有能力，抢功劳反而很有水平，且不说这样的人大德缺失、公德缺位、私德不严，根本不应成为领导干部；即便是作为普通人员，也一定会成事不足败事有余，放到哪里都不受欢迎。

通常我们难以把那些小事放在眼里，岂不知越是小事越能衡量一个人的责任感与忠诚度。因为小事者，大都认真起来很麻烦、应付起来很容易。但正因如此，才会更加清晰地显现出一个人的责任心与忠诚度。

第四节 纸上得来终觉浅

行是知之始，知是行之成。实践是检验真理的唯一标准，真理唯有通过实践才能被认知与升华。

　　中庸之道的理论基础是天人合一。诸如《中庸》中所言："唯天下至诚，为能尽其性；能尽其性，则能尽人之性；能尽人之性，则能尽物之性；能尽物之性，则可以赞天地之化育；可以赞天地之化育，则可以与天地参矣。""与天地参"意即天人合一。这才是《中庸》天人合一的真实含义。所以说，"中庸之道"乃至高的仁德或人生智慧，它代表的是一种理想境界。

　　但是，很多人认为"中庸之道"是华夏文化的糟粕，中国人的很多弱点缺点，如普遍缺乏创新精神、不思进取、不敢冒险、因循守旧，都是受其影响的结果。其实，这与儒家"中庸之道"没有必然关系，是很多人错误地理解中庸之道、错误地执行中庸之道，进而走入歧途的结果。中庸之道，绝对不是所谓的不偏不倚、折中处世、事不关己高高挂起，更不是所谓的软弱、不作为。所以，那些不追根究底、不走极端、各打五十大板、明哲保身等表现，并不是践行真正的中庸之道，而是利己之道，不过是厚黑学的一种自我美化而已。实际上，真正懂得中庸之道的人，常常会秉承至诚至信、以人为本、坚持原则的态度，不唯上、不欺下、不妥协、不溜须拍马，只做对国家、对人民有益的事情，只做仁德之事。

　　成功的商业谈判，大都可以通过"逆推法"来成就。所谓"逆推法"，就是在每次谈判前，先通过研究敲定对企业有利的局面和构想，然后从最好和最坏的结果向前推出谈判中可能出现的所有细节，直至回到现状。最后，从现状开始用"假如"把一个个构想列出来，直至达到最终目标。而通过"假如"把现实进行推进构想，正是很多卓越企业家的商业秘籍。

其实，不论是制定企业发展战略还是描绘企业发展蓝图，没有一系列的假设作为前提，是很难实现美好前景表达的。而进行这样的假设，不仅有趣而且有效，不仅直观可见而且逻辑严密。所以，基于现状去分析、基于目标去"假设"进而形成的构想，一定有着十分重要的实践意义。

企业，一定要坚持"以人为中心"。因为：企业的根本"是人"，企业的竞争"靠人"，企业的属性"为人"，企业的存续在于"爱人"。况且，对于企业而言：没有比员工对企业有信心更重要的事，没有比客户对企业有信心更重要的事，也没有比投资者对企业有信心更重要的事。所以，企业必须以人为中心，管理必须以人为核心，企业的一切经营活动，都应基于"全员参与"来谋划、来定位、来实施。

比如说，松下电器便是以"集中智慧的全员经营"作为企业经营方针，不仅具有很强的现实性，而且具备强大的创新动力。因为依靠全体员工的智慧来发展企业、提高双效，无疑是企业永不失效的动力源泉。

在经济领域，虽然基于国情要保障一些国有企业的生存与发展，否则就容易引发社会稳定问题。但是，这不等于企业不需要转型，更不等于一味去吃老本。只要是企业，就好比"公鸡要打鸣，母鸡要下蛋"，一定要体现出企业的基本属性。所以，还是要真正地面对市场，到市场大潮中求生存、谋发展才是正道。

而国企领导人员如果不是在经营企业而是在做官，没有把自己当成一个职业经理人，那一定不可能把企业做优做强做大。尤其是在平平稳稳熬资历、舒舒服服涨待遇之后，必然会让企业逐步走向败亡。

政府和企业中的每个重要位子，因为与"权力"有着直接关系，所以，在用人的选择上一定要仔细斟酌、认真推敲。组织工作做得好不好，就是要看把一个人放在某个位子上，是不是"想干事、会干事"，能不能"干成事、成大事"。所以，能将事情干成事业，能将事业提高层次，能将发展拉高标准，是衡量干部水平最为关键的标准。

我们知道，只要有好的鱼饵，鱼儿自然会源源不断地来，鱼来多了，择优挑选就可以省去很多功夫。那么，如此钓鱼理论适合于人才选拔吗？显然未必，否则就不会有千里马与伯乐的故事了。其实，见鱼饵就上的鱼，饥不择食而已，这样的鱼，决非人才是也。真正的人才，那一定是：把握能够把握的机会，选择能够适合的位置，即便面对难以抑制的诱惑，也不会以命换取、不顾一切。

权力是什么？责任与服务而已。所以，没有人可以依靠权势一手遮天，凡是敢和群众作对、不把群众当回事的，最终都不会有好的下场；凡是那些嚣张跋扈者，最终都会自食其果。

实际上，从以史为鉴的角度来看，在权力的使用上：一个人出问题，在于"个人素质"有问题；几个人出问题，在于"思想教育"有问题；一些人出问题，在于"组织监督"有问题；一批人出问题，在于"制度设计"有问题；一代人出问题，在于"权力文化"有问题。由此可见，权力的现实性问题，在于能否装进制度的笼子；而权力的根本性问题，则在于能否通过文化再造来体现出权力的社会属性、人民属性。所以，法治建设与民主管理一定要深化，新时代的义利观更是需要不断深化。

现代领导之核心智慧，在于要处理好"集权与放权"的关系。当然，放权不等于放而不管、放任自流，尤其对于那些专权谋私、飞扬跋扈的行为，更是不能容忍以宽、毫无底线。所以，权力需要通过制度约束来加以限制：既要将权力装进笼子里，又要将权力变为各司其职的责任。也只有将权力实实在在地转化为一心为公的责任，进而在相互协作中形成一种和谐共进的动力，才能将领导效能发挥出更高水平。

其实，不论处于哪个层次的领导干部，都应该把权力制衡放在首位，而不应该谋求绝对的权威。最好是能够把权力转化为责任与服务，进而引领发展、激发活力，让员工在充分竞争中不断把工作向前推进。

一味喜欢做什么事情都是绝对掌控，甚至事必躬亲，虽然可以确保分管领域能够按照自己的思路推进，但是，事情分大小、能力有高下，人更不可能做到什么都懂、什么都能应对。特别是随着职位不断提高、随着管理范畴越来越大，所要面对的矛盾一定会越来越多、愈加复杂，而如果还是事无巨细、事必躬亲，那就好比拿着铁疙瘩舞狮，人累得要死，戏又不好看，甚至还会惹得他人不高兴；另外，整体工作节奏也会变得很慢，进而导致所在组织效率不高。

实际上，领导不同于管理，领导者之关键在于"做正确的事"。所以，身为领导干部首先要意识到如何当、怎么干，这个问题认识不清、解决不好，不仅领导性工作会大打折扣，团队力量也发挥不出来，更是无法带动基层员工的积极性。

怎样科学地评价干部？实际上是很难精准操作的，看似可以通过德、能、勤、绩、廉等维度进行比较全面地评价，但是因为诸多指标无法量化，最终只能通过感观认识与群众评判得出一个相对结论而已。

其实，有关于此，有这样一个比较独特的评价视角：一个干部好不好，首先不是看能力，也不是看人品，而是要看这个干部能不能找准自己的位置。比如说，一个人若是"一把手"情节很浓，以至于经常表一些"一把手才能表的态"、说一些"一把手才能说的话"，甚至不该出现的场合经常出现、不该伸手的事情经常伸手，那么，这种干部显然是有问题的。而这其中，看似只有"能否找准自己位置"一个维度，实则这个人的德行与人品不仅很容易暴露出来，也很容易让人察觉与掌握。

我们每个人都应懂得合作，能力大的需要合作，能力小的更需要合作。当然，彼此之间的合作，大都有着主动与被动之分，而由此形成的矛盾，不仅十分复杂而且很难协调。究其原因在于，再是主动也无法拿

起自己的鞭子去抽打对方的牛，牛是对方的牛，事是双方的事，自己的鞭子不仅很难鞭策不属于自己的牛，更是无法替代对方去做事。

实际上，只有先把自己的事情干起来，而且要高水平地干好，才有可能得到他人的认可与支持。也唯有如此，才能让对方沉不住气，进而或慢或快地走上真心合作的道路。因为：人怕比较，人爱面子；一体双面的事情，最怕的是比较。所以，只要自己能够创造比较上的优势，再难的合作也会走向顺利。

当然，没有合作就没有利益，没有利益就没有分歧，没有分歧就没有矛盾冲突。在理念不同的情况下，越是合作越是有着潜在冲突的可能。

那么，怎么办呢？难道凡事都没有长久合作的可能？其实，这个问题之关键在于利益，只要想办法把彼此都很计较的利益问题解决好，便会消化矛盾乃至不发生矛盾。

生意场上的很多事情，往往比较奇妙。比如说，越是谈判艰难的合作，越能合作得比较愉快，原因就在于"不打不相识"。而那些没有花费多大工夫就能达成的合作，反而会因为理念不同、定位不同，往往是开始容易、过后难，最终产生许多难以调和的矛盾。这也许说明了一点，那就是：唯有彼此的正面认识，才能赢得彼此真正的尊重。

其实，就合作双方而言，实力不仅仅就是实力，极有可能会因为势力而失礼，最终导致失利；沟通不仅仅就是沟通，更不是所谓的苟同，最有可能会基于构同而共同，最终走向共赢。

作为网络平台所形成的业态，本来有着跨界互联、聚点成面、方便快捷的物理特点。但是，随着它们由小到大，进而具有垄断性质，它们的所作所为已经开始店大欺客、排他竞争，破坏了本该互利包容的市场生态。比如说，它们以"利我"的方式设定了很多规则与条件，进而利用法律漏洞、规避法律责任，形成了诸如黑洞一般的侵吞效应，让很多依附于它们的弱小企业、个体员工根本没有利益空间，这既折射出了垄断平台资本的冷血，也导致了公平公正的市场属性走向变形。

因此，必须尽快以新的法律法规来破除这种垄断局面：只要不能做到充分竞争，就需要改革；只要不能体现基本公平，就必须调整。而倚仗资本实力所占据的垄断地位，决不能游离于市场之外而为所欲为。

现今，打着科技创新旗号而大搞金融商业行为的网络平台，大都拥有十分庞大的资本实力，若是一味让它们在现有法律框架下规避监管、野蛮生长，势必会对国家金融体系造成很大破坏。实际上，它们那些看似便民便利的各种手段，都是一个又一个陷阱，"小不觉、大成害"，不仅风险难以控制，而且会动摇国家金融根基。所以，必须抓紧补上法律层面的漏洞，尽快将它们重新置于正规的监管范围之内。

目前，传统汽车巨头的大部分品牌，大都已经涉足互联网汽车金融领域，这同样有可能会给国家金融系统带来不可预估的巨大风险。实际上，基于自己产业链而创办的金融体系，虽然有着创收创效的积极意义，而一旦将这种金融体系的触角延伸到社会，超越了为自己产业链服务的边界，由此产生的风险根本无法控制。

金融好比水源，少之则枯，多之则泛，缺失监管，必成灾患。另外，资本和权力都具有共通性，如果不把资本关进监管的笼子，资本就会将它们逐利贪婪的本质、狰狞虚伪的面孔彻底展露出来。

大企业要有大企业的样子，大企业要有大企业的风范；若是一味与弱小企业争食夺利，且不说企业形象能否得以保持，即便是产业链条也很难稳固下来，更不要说还会涉及社会稳定之大问题。

现在，很多人缺少基层的概念，甚至既不了解也似乎不屑于了解。其实，千万不要小看基层，基层是最容易出生产力的地方，也是最容易出问题的地方，而基层的生态又是最影响老百姓利益的。

所以，我们应该把眼光聚焦于基层，尽最大力度将那些多年基层反馈的各种积弊清理掉，尽最大可能将群众的积极性引导好。另外，基层工作绝不能走马观花、水过地皮湿，更不能把问题像包臭鸡蛋那样，一闻到臭味就包上一层，再闻到臭味又包上一层；如此包来包去最终还是一个臭鸡蛋，根本解决不了问题。正所谓：人若悬空必心慌，事不落地会添乱。唯深挖细理，才会助坰壮苗；唯亲手锄犁，才能感知不易。

虽说就问题而言，没有多少人愿意被批评，特别是来自领导与组织的批评。但是，"问题是事，解决在人"；批评看起来是对事，实际上是对人；人一旦对问题而有着问题，批评也就自然逃脱不了。

另外，"一般不批人，不批一般人"是领导者的基本习惯，所以，批评也是讲究领导艺术的，值得批评的才去批评，必须重视的才去教育，而愈是重视愈受批评之现象，既是实实在在地存在着，也是时时刻刻表现在领导者的日常行为当中。若是一个人犯了错误、捅了篓子，领导居然都懒得批评，那就距离纠责查办、调整位置确实不远了。

第五节　飞起沙鸥一片

兵无常形，水无常势。改革发展之路唯其艰辛，唯有坚持起步成势，着力打造模式，方可在探索求是中实干成事。

理政之道、领导之学，永远有着很多说不明白的地方。比如说，有的人奉行不树敌、多交友，做人谨慎圆滑，为事小心翼翼，一路走来虽然波澜不惊、少有业绩，却什么好事都没有耽误；而有的人丝毫不在意树敌，甚至敢于斗争、勇于负责，直至收获很高的业绩，但是，其结果却很难安然无恙、平稳落地。

这是否说明：你对别人的标准越高、别人对你的要求越严？显然，不能说完全是，但也差不多有着一定关系。所以，打铁还需自身硬，也就不仅仅局限于工作能力了，更重要的是在作风上同样需要如此。

大凡是规划，都要既前瞻又现实，成系统可执行。否则，就会成为一座空中楼阁，看似十分美好，实则让人可望而无法及近。

一个地区或行业的战略发展规划，虽然可以借助专家力量来编制，但是，更重要的还是要通过社会各界乃至行业内部从上到下的参与，搞清楚本地区、本行业的特点，基于此来明确发展目标、确定发展思路。另外，也很有必要在一定范围内开展关于发展的大讨论，并且讨论的方向要聚焦如下两点：一是本地区、本行业究竟应该怎样发展；二是本地区、本行业的特色究竟如何凸显。这样的大讨论，不仅可以解决"怎么看、怎么干"的问题，而且有利于进一步解放思想，进而从更大角度看待发展问题，更有利于让发展规划接地气。

只有适合自己的，才是最好的。不管是哪个取得成功的区域经济，它们之所以成功，并不是照搬照抄其他地方的发展策略，而是能够因地制宜地根据自己的区位优势与劣势，制定出一系列符合本地区经济发展的产业政策和经济思路。这不是说在别的地方取得成功的政策和思路，没有什么可以借鉴之处，而是说明：只有符合本地特色的发展规律，才是真正的发展规律。

核心技术、竞争优势、发展模式、品牌价值、人才力量，是构成企业高质量发展的关键要素，而不具备甚至低层次具备这些要素，说到底还是处于粗放式发展状态，由此带来的弊端一定会逐渐凸显出来。

实际上，从生产方式由劳动密集型走向技术密集型，进而走向知识密集型的整个发展趋势来看，改革与创新是最为关键的推进动力：二者既是针对性不同的两个重要抓手，又是内涵性一致的两个关键着力点。也只有基于分析、抓住重点、破立结合、持续发力，才有可能推动产业由点成链、由低级到高级，进而成系统打造核心技术，整体性构筑竞争优势；创建新业态发展模式，高品质塑造品牌价值，涵养全要素人才力量。

发展，既要鼓励差异化，也要带动平衡性，如此才能既有活力又讲公平。而创造差异化之根本在于引领市场需求，所以，谁能够抓紧市场主导权，谁就能够抓住发展经济的主导权。至于平衡性矛盾的解决，显然需要发挥政府的"有形之手"，在税收、政策、帮扶以及结构性调整等方面下功夫；而从区域经济的角度看，以"区块链"为基本特征的经济业态，不仅能够降低企业内部产业链的运营成本，而且有利于区域经济的融合促进。比如，苏州、杭州等地区近几年高质量发展的原因其实非常简单，就是基于互联网、数字化来鼓励创新型产业发展，来打造良好的创新发展环境。

改革，既要理性，也要有着一定的激情。这主要在于任何改革的"初期阶段"都非常重要，有时候，初期的一点点进步，便会推动整体积极前行；而初期的一点点挫折，也有可能会让所有计划胎死腹中。所以，在很多时候，光靠理性不行，还需要一定的激情；唯有投入很大精力去争取起步成势、首战必胜，才能有着赓续成功的可能性。

现今，互联网农业之概念被炒得很热，其实，对于互联网农业的定性应该是"互联网+农业"，而不是简简单单地用互联网农业这个词来进行概括。因为到目前为止，生产端的数字化转型仍然很少，主要集中在消费端；也只有等到物联网技术真正用于农业种植乃至生产、销售的全过程，才可称之为"互联网农业"或"数字农业"。

据专家介绍，基于"碳达峰、碳中和"所聚焦的新能源发展，可以催生150万亿投资机会。如果这种预测比较准确，那便意味着全国人均投资要达到10万元以上。而这，是否也就意味着新能源要进入百姓家庭？家家户户既可用电也能发电？实际上，从目前的发展趋势来看，这不仅很有可能而且实实在在地正在发生。如此一来，基于跨界融合的创新创造也就成为必然，因为用户不仅仅是用户，而且是变成了生产经营组织，它们生产的"电"既可以自用也可以外销，因此，便会产生出许许多多的微观经济关系。而微观经济关系历来都是创新创造的发源地，况且这种关系还影响着每个家庭，所以，围绕"户户都能发电"这个问题，一定会爆发出一系列技术、建设乃至营销性革命。

我国虽然具有悠远的历史，但却很少存在具有历史的企业（品牌）。为什么？难道中国人不勤奋、不努力？显然，不是中国人不勤奋、不努力，反而中国人比世界上任何一个民族都勤奋并努力着。

实际上，导致这一问题之根源，主要在于我们：有着太多"现实性梦想"，而较少有着"理想性追求"；并且，别人的梦，仅仅就是别人的梦，而不是我们自己的梦。如此一来，在心胸与境界上，便有着太多的现实性；在做事乃至事业上，则有着太多的局限性。

我们知道，一流企业定标准，二流企业做品牌，三流企业卖技术，四流企业做产品。这既是资本主义告诉我们的经验，也是我们自己一直受欺负、被压榨的教训所在。实际上，这其中的道理极其简单，那就是：企业，只有具备制定规范和标准的资格，才可以拥有话语权，才不至于在市场游戏规则中处处被动，受制于人；反之，如果没有标准，就意味着将永远跟在别人的屁股后面学，而且还要缴纳十分昂贵的学费。

有这样两组数据：10，10^2（＝100）；10^2，15^2（＝225）。从字面上来看，可以说，只要具有小学文化都会明白字面意思。

但是，如果从经济学角度来看这两组数据，则有着我们很难跨越的认识鸿沟。比如说，从第一组数据来看，假若投资10万元建一个系统，但却建而不用，那仅仅就是把10万元变成另外一种形态摆在那里，创造不出任何价值；而如果借其去创造一种经济形态，那么，10万元的投资价值就有可能会放大十倍。而从第二组数据来看，若将一种经济形态仅仅增加50％的投资来进行转型升级，其结果会怎样？极有可能会再创造两倍以上的价值。

由此可见，投资性谋划一定要换个角度来评估，"干什么"是前提，"怎样干"是关键，也只有看清楚经济潜在的可能性，才会将较少的投资放大出最大的价值。

如何用100元请十万人吃饭？对于这个问题，显然用传统思维是解答不了的。岂不知，解决这一问题的关键，不在于那100元，而在于那十万人。试想，十万人聚集到一起是个什么概念？如果基于"人流就是财流"去谋划，是不是可以形成很多广告抑或推销产品的机会？若是将这些机会进行招商，还会请不起十万人吃饭？显然很有可能，甚至会有盈余。

如何实现"一份工作，两份收益"抑或"一次投入，两种收益"？这对于很多个人抑或企业来说，可能仅仅就是美好愿望而已。但是，深究本质、广研可能，特别是在大云物移智链带来变化的前提下，这种愿望的实现是有极大可能性的；尤其对于垄断性行业、唯一性企业来讲，更是具有现实可能性。这其中的核心就在于：怎么看待所拥有的要素，怎么看到拥有要素背后的价值。因此，思想更加开放，智慧更加深远，运作更加跨界，拥有优势更加具有影响力与创造力，也就成了破解这一问题的关键。

人的问题永远都是最重要的。由此，中国教育应该破除筛选性，重新回到建设性上来。因为筛选性教育之结果，是造就精致机会主义者的，而建设性教育则会让"每个人都有人生出彩的机会"。这也就决定了学生教育：精神塑造高于知识传导，知识传导先于技术学习。只要能够培养出学生"坚守的精神，学习的心态"，便会体现出教育的成功，进而为每个人的未来竞争打下坚实的基础。

将自己的未来安放何处？这既应该是学生要回答的问题，也必须是老师要回答的问题。对学生而言，假若不想面对这个问题，那么，前行的人生就会失去绚丽的梦想，而前行的步伐便会迟疑、紊乱，进而也就很难坚定下来；对老师来讲，如果搞不明白这个问题，则一定会传道不明、授业不清、解惑偏向，而最终不仅教不好学生，也很难带好自己的培养对象。

其实，教育的本质并非那么复杂，只要抓好基础性，积累预备性，就能稳基本、正方向、可接续、有价值。但是，基础性、预备性之教育，决不能为了选择而应试、为了应试而选择，更不能仅仅通过刷题去实现。人生的长廊何曾仅有一段精彩，而暴食猛吃又何曾能够打造出真正的健康！所以，本真教育还是少点外力为好，五谷杂粮的朴实性吸收，比什么都重要。

总之，就教育而言，我们不可能什么知识都要学，也不可能什么知识都能学会，所以，在有关知识的事实判断上我们可以无知，也可以对此无知而谅解；但是，对于出自良知的价值判断，我们一定要学会，也一定没有谅解这种无知的空间。就此，我们一定要记住这样一句话：知识就是力量，良知决定方向。塑造抑或吸收良知性知识，之基础最为坚实，之预备最有价值。

作风硬朗同时又具有智慧的人，往往会成为职场上的强者。虽然有些人表现得还比较稚嫩，有些方式也比较粗糙，但是，只要他们在个人风格与工作格局上能够表现出"与众不同"的一面，便可断定他们具备强者的潜质、发展的潜力。但是，即便作风再是硬朗，即使智慧再是达观，人在势单力薄抑或对事情不太了解的时候，也是不能轻易行动的。否则：动之越多，错之越多；错之越多，自信心就会受到越大打击。所以，轻易不动，动之必胜，才是真正的为事之道、为治之法。

智慧之人无担当，废才；担当之人无智慧，废料。而"智慧＋担当"，方能成事成人、成就自己。所以，伴随事业的发展需要，领导干部不仅要有智慧更要有担当。而诸如观望、跟随抑或想三想四的行为，都会带来负面乃至消极的后果，最终会让所在组织走上一条极其危险的道路。

从历史角度来看，明代以前的官员，文武官员的划分相对不太清楚，他们大都文能提笔做文、武能提刀上马。比如说，在唐宋时期，文人也都佩剑，既能挥洒千古文章，又能提剑跃马、纵横沙场。所以，唐

时出现了许多边塞诗人，写出了很多流传千古的雄壮诗篇。即便诗仙李白，也曾有过击剑杀敌的经历。宋时也是一样，比如辛弃疾不仅诗词一绝，而且他抗击金军领兵杀敌的本事，让许多人叹为观止。也就是到了明朝，文人逐步成为手无缚鸡之力的文弱书生，进而也才有了"百无一用是书生"的说法。如此看来，能文能武之素质培养，还真是当务之急，德智体美劳必须综合发展。

第六章

为有源头活水来

居高声自远

风正一帆悬

此时无声胜有声

长风破浪会有时

第一节　居高声自远

登高而招，臂非加长也，而见者远；顺风而呼，声非加疾也，而闻者彰。

　　人不在一时，而在于积累；一时看好一人，不如时间验证一人。所以，年轻人交友一定要有耐心，而不应仅凭心情挑三拣四；志同道合者可以多交，非志同道合者也不能一味疏远。因为：志同道合需要时间检验，对自己如此，对他人也是一样。也许10年之后，那些本是感觉不是志同道合之人却与自己交集在一起，而到那个时候，如果获得他们的认可和支持，自己便会多出几分助力；哪怕那些人不去帮助自己，也至少不会落井下石或者制造障碍。所以，多一个朋友多一条路，少一个敌人少一堵墙；而这"一多一少"的把握，就在于自己的耐心，也取决于自己的心胸。

　　有时候，说真话反而没有人相信，确实让人既奇怪又感觉无奈。而事实上，这种现象却会经常遇到，甚至权力越大、地位越高，遇见的概率就会越大。何至如此？实际上，这主要由于"信息不对称"造成的。

　　其实，对于信息的了解，虽不能说权力越大了解越全、地位越高掌握越多，但是相对于一般人而言，还真是有着一定差别。这个差别就在于他们能够系统地了解"哪些事情能做、哪些事情不能做"，而这，则正是很多人难以理解的地方，所以才会出现：越是明白无误的事实，越是让人不太相信；越是应该坚持的道理，越是让人很难接受。另外，人们往往喜欢从权力资源的角度去思考问题（这比较显性、表面），而较少去从权力约束的角度去思考（这相对隐性、内在），所以，即便是不行的事情，而在很多人看来，这是推脱、是哄人、是不想办。

唉，看得明白的人总归还是少数，看透局势的人更是少之又少。所以，能够"说明白"已是尽心尽意，能够"干明白"则是尽力尽责，何需在意他人的理解，在乎一言一语；又何须顾忌他人的误解，在意是好是坏。做人之分量、为事之轻重，发乎内心之权衡、原则之坚守，足矣。

这个世界上，有才华的人不是太少，而是太多。但是，还是有太多的人怀才不遇，还是有太多的人碌碌一生，这是为什么？说到底是没有找到让自己发力的机遇与平台。而能够让自己发力的机遇与平台，又往往是"己之不识，没有机会；己不努力，不被重视"，如此一来，也就让很多人因为功利而被舍弃，因为浮躁而被放弃；而这些毛病如果不能被自主解决、快速改变，不仅获得的机会越来越少，而且会让自己距离理想愿望越来越远。那怎么办呢？其实，唯有踏实做事、务实做事，才会一步一个脚印地找到适合自己走的路。

记得有这样一句老话：真正有底气有本事的人，是不会一脸傲慢在老百姓面前逞英雄的。实际上，在百姓面前趾高气扬、不可一世的人，往往是官不大、钱不多、素质不高、本事不大的人，正是因为他们没有足够的资本，所以才会在普通人面前耀武扬威，炫耀他们那并不多的本钱。

人人都有追求，而人生追求之实现，前提要靠勇气，关键要靠智慧，最终要靠实力。光有追求而没有勇气，匹夫而已；即便有追求、有勇气而没有智慧，还是空话大话；就算有追求、有勇气、有智慧，但是没有实力，也不过是一句空谈。

一般从机关成长起来的干部，大都小心翼翼、谨小慎微，也往往会：事情未做先想责任，撇净责任才敢做事。而从基层成长起来的干部，要么有着独当一面的经历，要么有着大事难事的历练，因此通常会拥有遇危不乱的心理素质。所以，在基层摸爬滚打过的干部与从机关稳稳当当提起来的干部，是有着很大区别的，而这个区别的最大体现就在于"魄力"二字。

来自基层尤其是主政一方的干部，大都敢说敢干行动快，而不会瞻前顾后、综合考量，更不会对其他方面有着过多的依赖性。而机关干部则恰好相反，大都会把领导意图放在首位，进而反复琢磨、巧以应对，岂不知，做事情哪能如此，哪里有着按班照故的可能性？所以说，干部是应该上下交流的，并且上层干部最应该向艰苦地区、艰巨岗位进行交流，而下层干部最好是跨专业、跨部门进行交流。也只有上下左右都经历了，才会仰望星空而不泛虚，脚踏实地而有定力，进而经得起各种风雨的考验。

对于年轻干部来讲，虽然和谐稳定的环境有利于他们做事，但却并不利于他们综合能力的提高。所以，很多时候，到艰苦地区去工作、承复杂任务之锤炼，并不是一件坏事。正所谓：变数，既是机遇；困境，才有转机。舍与得的关系，是呈正比的。

就领导干部而言，基于抓全局、重引领的职业沉淀，因而往往会在说话方式上跳跃性很大，比如说，也许刚才还在讲"大海啊，母亲"，下一句就可能跳到"秦始皇焚书坑儒"的话题上来……而这看似风马牛不相及，其实却常常有着内在的紧密联系。所以，一般人很难跟上，也很难理解这其中的关系。可是，听话听音、听锣听声，若是没有这个方面的领悟力，说明自身思想素养存在一定短板。

领导干部的文章，如果能发表到大报上，绝对是具有重要影响的。尤其是对到了一定层次的干部，除了要有实实在在的政绩外，还需要理论水平，更需要体现出一定的执政理念。因为这是组织考察和提拔干部非常看重的方面。但是，这常常也是困扰很多干部的难题，尤其是本身文化修养不高、理论功底不扎实的干部，在这个方面不仅很难应对，也很难补齐短板。

用人之道，光靠驾驭之术是不行的，一定还要有感染力和魅力，这样才能让他人口服心服。所以，对领导干部而言，理论水平与人格魅力都极其重要，如果既能感召人又能感染人，那才会无往而不胜。

第二节 风正一帆悬

万事皆有定律，顺势者昌，逆势者亡。古往今来，成大事者，必顺势而为、借势而起、造势而进、乘势而上。

有人曾这样总结过：成大事者，既需要机遇又需要耐心，二者缺一不可。怎样理解这句话呢？实际上，机遇从来都是为时刻做好准备的人所准备的，是对他们努力付出的一种回报。但是，能不能抓住机遇，还要看有没有足够的耐心，耐心不够，再好的机会也难以抓住。所以，机遇是基于准备而存在、基于耐心而获得；唯有时刻准备、耐心以对，才能抓住机遇。

在明代张居正的《权谋残卷》中，有这样一些谋略之策，只要认真品味会有不少收获。它们是：一、察而后谋，谋而后动，深思远虑，计无不中。故为其净，不如为其谋；为其死，不如助其生。羽翼既丰，何虑不翱翔千里。二、察人性，顺人情，然后可趁，其必有谐。三、所谋在势，势之变也，我强则敌弱，敌弱则我强。倾举国之兵而伐之，不如令其自伐。四、勇者搏之，不如智者谋之。以力取之，不如以计图之。攻而伐之，不如晓之以理，动之以情，诱之以利；或雷霆万钧，令人闻风丧胆，而后图之。五、实以虚之，虚以实之，以其昏昏，独我昭昭。六、大德容下，大道容众。盖趋利而避害，此人心之常也，宜恕以安人心。故与其为渊驱鱼，不如施之以德，市之以恩。而诱之以赏，策之以罚，感之以恩。取大节，宥小过，而士无不肯用命矣。

怎样塑造我们的竞争优势？实际上，这如同企业（行业）之"护城河"，具备一些必须打造的结构性特点。其中，最为重要的是，在能力体系上，要"由内而外"全面造就自己。因为：人要改变现状，首先改变自己；要想改变自己，必须先要改变我们对问题的看法。

很多时候，我们不是处于"有知"状态，而往往处于"无知"状态——这是我们需要正视的现实，也是我们的成长基点。如果我们不肯发问，不肯暴露自己的无知，不肯让他人知道我们的真正程度，那么，我们不仅学不到有用的东西，也无法让自己有所长进。所以，承认自己的无知，才是真正求知的第一步。梭罗曾说："如果我们时时忙着展现自己的知识，将何从忆起自己成长所需的无知？"由此而言，人的成长过程不容违背、忽略或缩短，只有积极主动、以终为始，坚持为自己的过去、现在及未来的行为负责，并依据原则及价值观，而非情绪或外在环境来下决定，进而以由内而外的方式来谋求改变，才能在能力体系建设上更有底蕴、更加完善，进而创造出别人无法超越的优势。

塑造竞争优势，最为关键的是在行为方式上，要从"思维定式"全面造就自己。思维定式是每个人看待世界的方式，是由每个人的成长背景、经验及选择打造而成。所以，思维定式是一个人行为与态度的源头，脱离了这个源头的言行，便会表里不一、言不由衷。

其实，仅仅改变表面上的行为与态度，而忽略作为源头的思维定式，人生改变一定有限，人格影响必然局限。因而，需要基于根本、本源来塑造思想能力、提升创造能力，让自己的目标、愿景与价值观能够落实落地。另外，还要秉承双赢思维，基于互敬、寻求互惠的思考框架与心意，来与他人分享更多的机会、财富及资源，而非敌对式竞争。

实际上，双赢，既非损人利己（赢输），亦非损己利人（输赢）；它不仅会让我们从互赖式的角度进行思考（"我们"而非"我"），而且会让自己赢得一种有着持久影响的人格品牌。而人格上的认可，可以开通合作资源、汇聚合作力量，这才是现代社会最有优势的竞争资源。

塑造竞争优势，最为基层的是在知识储备上，要从"会选择、能贯通"全面造就自己。对于"知识"的态度，看似是"学"，实则在"用"；没有用途的学习，不仅浪费时间，而且会干扰我们的思想。所以，国外学者认为，会选择学习，才能改变人生。

那么，怎样从"用"的角度来选择学习呢？主要取决于两个方面：一是关于知识的学习与交流，要做到知彼解己、困中解惑。知彼需要诚心，解己需要勇气，能平衡两者，则可大幅提升知识学习与交流的效率。正所谓：以诚感人者，人亦诚而应。知识的学习与交流也是如此：不想真懂，很难学会；不想真信，很难学好；看不到自己的短板与不足，很难找到适合自己的知识体系。二是关于知识的思考与运用，要做到跨界融合、统合综效。知识，基于"专"会过于狭窄，基于"面"则学而不精。要想解决"专"与"面"的统筹关系，就必须由"专"及"面"、由"面"及"专"地反复推进，在跨界融合、统合综效中进行反复思考与运用。

实际上，人的优点有着很大的局限性，若是不能及时内化为深植要素、成长基础，便会很容易转化为制约因素，进而让自己陷入其中、不能自拔。现今时代的最大特征是相互联系，由此，也就决定人的潜能主要来自"心"，人的成长障碍也主要来自"心"，唯有唤醒自我意识，进而知彼解己、困中解惑，才能让我们在探索中成长、在合作中提升，不断塑造竞争优势。

中国有句古话叫：独木不成林。其实，不论是处于职场还是市场，只要想成就一番事业，都是需要各种各样的帮助因素的。总归凡事在于"结合"，没有结合性思维和预见，没有结合性探求与运作，即便想成事也是很难做到。所以，最好是把自己的人生"经营"起来，进而懂得拓展自己的人脉，直至拥有自己可以经营的集体力量，而到那个时候，不仅会比较容易地抓到意想不到的机遇，也会相对容易地干成出人意料的事情。

真正成功的商人，不仅会善于把握机会，而且总是能够把机会把握到最佳状态。如此这样，在机会到来的时候，他们才能够迅速出击，进而获得最大化的利益。这就说明：具有远见卓识，再有先人一步的动作，才能真真正正抓住机会。

正所谓：易求无价宝，难得有情人。实际上，很多事情就是如此，赶得上就是机会，是机会就不能错过。而要做到于此，不仅需要有心而且需要有情。

一个人哪怕智慧再高，也无法应对所有的困难与局面。所以，身边若是有一个智商不比自己差、谋划能力又比较见长的帮手，那一定是极其难得的。比如说，以刘备那么孱弱的能力却偏偏能够与曹操、孙仲谋三分天下，诸葛亮可谓厥功至伟；李渊和李世民父子之所以能够开创大唐盛世，少不了军师徐茂公的运筹帷幄；朱元璋能够开创大明276年基业，军师刘伯温功不可没。

李世民、朱元璋可谓雄才大略，但聪明如斯也依然需要顶级幕僚的辅助，更何况是我们一般人等。所以，靠能力是一般人，靠能人是领导者；若想做成事情、成就事业，既不能没有让人跟随的本事，更不能缺少请人参与的胸怀。此外，让人跟随不如请人参与，请人参与不如激人心动。因而，从体制与机制上若是能够体现"风险共担、利益共享"，也就更加重要了。

很多事情都是这样，当我们陷入"NO"的死胡同时，也许只是因为角度站错了。这时候，千万不要认死理，也不要一条道走到黑。或许更换一个角度、转变一下思路，就能找到问题的根源，进而便会发现"YES"就在自己的眼前。

人之不同，看问题的角度也不同，对矛盾的认识与推判同样会不同。正所谓：彼之砒霜，吾之蜜糖，各花入各眼。正是因为有着这样一些不同，对于组织形态而言，也就有着组织原则的必要性——既然谁主导谁负责，那么，职责层面的主次关系也就显而易见了。

那么，怎么寻找自己生命中的贵人？就此，巴菲特曾说："做你没做过的事情叫成长，做你不愿意做的事情叫改变，做你不敢做的事情叫突破。""当有人逼迫你去突破自己，你要感恩他，因为他就是你生命中的贵人。"

有这样一种事实值得我们注意：一件事情能否干成、能否创造一定影响力，在很多时候取决于领导是否关注。特别是诸如改革与发展等重大事情，若领导态度不明确，便无形会增加推进的困难；尤其是涉及他人层面的协同配合，如果不能得到领导层面的大力支持，势必会出现能推就推、能拖就拖的现象。总归能力不是责任，个人能力也替代不了集体责任。所以，仅仅凭借自己能力而缺乏他人的支持，特别是缺少领导的支持，是不可能承担起重大责任的。

大凡涉及领导支持的问题，很容易让人联想到"背景"这个词，因此也就很容易引起人的反感。实际上，支持与背景没有多少关系，也一定不能有关系。且不说历史上的大人物，没有人是靠着背景成功的；即便是现在，也很少有着依靠背景取得成功的案例。

而细析那些没有背景之人的成功，大都有着"智慧+努力"的共同特点。具体而言，也就是抓紧机遇、勇于尝试，进而聚沙成塔、以小博大，最终让自己成为自己的背景。

有这样一个关于孙悟空和猪八戒取经以后的故事：话说猪八戒西天取经以后，在天宫的地位很高，面子也倍儿大，而孙悟空则备受排挤，日子很难混下去。

这是为什么？其中的原因十分简单，猪八戒是什么人？出身是天蓬元帅，天蓬元帅下凡是为了到基层锻炼，锻炼后回去指定会被重用，所以，天宫众人都觉得顺理成章，也自然有人捧他，他的地位因此很高。孙悟空是什么？是妖精出身，他能够走上取经之路，在他人的眼里，那

是天上掉馅饼。所以，孙悟空虽然因为贡献很大被提拔重用，但是他人却只会觉得他撞了大运，因而他人也就难免心生妒忌。可是，问题不仅仅局限于此，孙悟空自身也出现了问题。到了天宫以后，孙悟空凭借功高震主之资本，一点都摆不正自己的位置，也根本没有草根的觉悟，不仅为人傲气而且我行我素，因此，就更加让人不待见，而最终混来混去，只能再回花果山去了。

其实，这一故事无外乎是想说明：有背景，可以保安乐；无背景，只能低头混。但是，若是将这一故事倒过来看，如果孙悟空自身不出现问题，并且能够视他人嫉妒如浮云，进而在仙班行列做更好的自己，那么，他即便不能凭借能力去镇守一方，也会有着许多施展才华的机会。所以说，位置虽然重要，但看清自己更加重要。

建立和维护人与人之间的信任，既需要凭借实力，更需要凭借胸怀。实力，可以赢得认可；胸怀，能够改变看法。所以，作为团队中的一员，唯有懂得在博弈中讲究团结，在斗争中力求进步，进而在纷繁复杂的环境中，做出实实在在的成绩，才会有着不断进步的可能。

一个人，若是能够隐忍且运筹帷幄，那一定是人才。但是如果为人做事的手段太过含蓄，便不适于在基层工作。基层工作讲究大开大合，含蓄不如明说，道理抵不过强势，干什么都应该雷厉风行，若是过于隐忍、犹豫不决，即便再有智慧也会大打折扣。

所以，人的成长可以不分阶段，而人的风格必须因时有异；人的智慧本来就有着"急中生智"与"心静而慧"两种内涵，因而只刻意表现一面，而不看环境、人事、位置、矛盾的具体要求，则是不明智的，更是不可行的。

有人说：做官如同溜鱼，关键在于圆融。应该说，这句话还真是有点敌进我退、敌退我进的味道。因为溜鱼讲求要缓，要顺鱼性而动，鱼用力，则己收力；鱼收力，则己用力。确实，不论哪个领域都存在"刚则宜折，弱则被欺"的道理，唯有深谙圆融之道，才能进退有度、游刃有余。

我们经常讲"培养干部"，其实并不准确，真正优秀的人，真正需要的是自己的磨砺和历练。正所谓：没有失败就没有成功，没有挫折就没有人杰。因此，通过实践来对年轻干部"墩墩苗""压压茬"，是很有必要的，也有利于他们的后期成长。

另外，越是重视的人，越是不能放在显眼的位置。总归有句老话叫："树大招风"。所以，尤其就年轻干部而言，在其力量还处于比较单薄的时候，一定不能给予他们太大的舞台。因为一旦压力太满，也就没了空间，更会没了后劲，这是大忌，是不利于一个人的健康成长的。

只要处于组织体系，就难免需要汇报思想与工作，但是，有些人却不知道：汇报思想与汇报工作，不论在内涵还是外在表现方式上，都是有很大差别的。且不说汇报思想针对的是自己，汇报工作针对的是集体，即便在思考内容上，汇报思想也比思考工作有着可进可退的余地。因为思想是无形的、工作是具体的，况且思想可以随时随地产生，因而

可以随时找个由头就能汇报；但是工作则不行，若是没有具体而又实在的东西，单靠夸夸其谈、云烟雾罩，最终不挨板子都很难说得过去。

　　作为一个志存高远的年轻人，一定要时时刻刻注意挖掘那些思想理念与自己志同道合的年轻人。因为这些人或许眼前并不起眼，但是只要有了时间的磨砺、岁月的熏陶，只要有了合适的机会和境遇，有的人或许就会一飞冲天、一鸣惊人。所以，伴随自己走来的路，切不能独来独往、形单影只，而是要么跟人走、要么结伴行，这即便不能助力自己成就事业，也会帮助自己有所作为。

第三节 此时无声胜有声

任何艰难险阻，都只是一场跋涉；任何挫折失败，都只是一次历练。幸与不幸，都是人生的财富。

　　《菜根谭》中有这样一句话：伏久者，飞必高；开先者，谢独早。意思是：伏藏甚久的事物，一旦显露出来，必定飞黄腾达；而太早开发的事物，往往会很快地结束。

　　其实，任何事物都有一定的运行准则，也遵守一定的能量守恒规律。因此，长久潜伏之下，才会将内涵历练得充实饱满，一旦表现出来，必定充沛淋漓，进而"不飞则已，一飞冲天"。而如果没有这些长久的潜伏，如何能够"飞必高"？显然后劲不足、储备不够、不太可能。另外，"开先者，谢独早"，也是合乎常理的，因为过早开发的事物，各个方面都会配合不畅、矛盾很多，也自然很快会竭尽力量而凋萎。正所谓"小时了了，大未必佳"，其原因就是开发太早，不到中年便都成了平庸之人。倒是那些年轻时默默无闻的人，因为懂得在岁月中不断储备实力，反而最终会成为晚成的大器。

　　在我们的身边，或多或少地存在着这样一类人，他们是工作上的铁打主力，但却不太世俗，既没有人脉关系，也不会溜须拍马，再加上为人憨厚老实，所以哪怕他们心怀锦绣，哪怕他们专业极致，也往往不为人们所重视，特别是不为熟知他们的人们所重视。其实，这类人仅仅凭借专业才能去赚钱，就足以让他们衣食无忧，但是，他们却依然兢兢业业地站好自己的岗位，哪怕是被人冷落、受人排挤，却还是那么"不求星光能显现、但问内心长平和"地生活着、工作着，是真的值得我们信赖与敬重的。

"鹰，无须鼓掌，也在飞翔；野草，没人心疼，照样成长。"实际上，做事不需人人理解，只需尽心尽力即可；做人不求人人喜欢，只要坦坦荡荡就行。虽然坚持自我注定会孤独彷徨，也注定会受到质疑嘲笑，但都无妨；纵有时光流水，我亦固守初心地坚守平常、默默耕耘，在花开花落、云卷云舒中享受生命的安然，这才比什么都重要。

一个人，如果受到冷落、遭到打击，居然还能不骄不躁、沉稳持重，往往都是可堪大用之才。因为人性就是如此，越是有着让人看不透的反常，越是有着超人一等的可取之处。

思想有厚度，但不仅仅就是厚度；行为有力度，但不仅仅就是力度。只有基于思想不断刷新而形成的厚度，才是人生发展的真正尺度；也只有基于行为永不懈怠所体现的力度，才是人生致远的持久力度。

借来的火，点不亮自己的心灯。只有基于自我、只有依赖自己，才能把好人生方向、走好人生之路，进而让自己的生命价值得到真正验证。

试问：在我们的身上，有哪种东西从来没有变过？那一定会问住很多人，也一定会让很多人思考很长时间。其实，之所以难以回答，就在于这不是一道填空题，而是一道选择题，一道叩问我们内心深处的选择题。而最终，或许有人会基于自身的感知，说是：速度；有人基于自身的境界，说是：责任；还有人基于不同思考，进而选择：探索、创造、力量等。

实际上，不同的回答，述说的是不同的人生际遇，诠释的是造成不同际遇的人生态度和心路历程。但是不论怎样，我们每时每刻都奔跑在追梦、圆梦的路上，不论年轻还是年长，亦不论是平庸与不凡，都有一种精神从来没有变过，那就是：我们何曾丢失过自己青春的模样。

纵观人之表现，要想脱颖而出，办法只有一个，那就是：一边苦干一边宣传。之所以如此，是因为"千里马常有，而伯乐不常有"，所以，要想得到他人赏识、组织认可，必须一边苦干实干、一边寻找机会宣传自己，进而把自己的成绩展现出来。

正所谓"又说又干，马到成功"，道理正在于此；若是单纯凭借埋头苦干，虽然看起来实实在在，但也仅仅就是实实在在。如果遇到一个慧眼识珠的领导还好，若是遇到一个只认马屁不认才干的领导，这一辈子还真是没有出头之日的可能；而光说不干、只做表面文章，虽说能够以作秀粉饰平庸，也通常会获取一时之效果，但是，"光说不干，事事落空"，时间一长，这种人定然没有存在的舞台。

当然，作为一个人，还是实实在在的好，即便宣传自己也要实实在在。虽说不能完全做到"不受虚言，不听浮术，不采华名，不兴伪事"，起码也没必要沉溺于追名逐利、醉心于沽名钓誉，长此以往，只会失去人心、招致不满。而凡能被世人所铭记者，无不是心中有抱负、脚下有征途，靠实绩而赢得口碑的。

《菜根谭》中说："藏巧于拙，用晦而明，寓清于浊，以屈为伸。真涉世之一壶，藏身之三窟也。"这段话实际上告诉我们：做人不要太自以为是。正所谓人外有人、天外有天，谦虚才是大美之举。

其实，人所拥有的一切与大美不言的天地相比，与浩瀚无垠的宇宙相比，只不过是沧海一粟、微不足道的，况且"吾生也有涯，而知也无涯"，因此，人要学会谦虚，也只有既不妄自菲薄也不妄自尊大，才能虚怀处世、前途无限。

确实，人生之过程，主要在于：放下我"执"，理性取舍，取舍之间彰显智慧。很多时候，选择大于努力，如果方向错了，再努力都不会有结果。所以，很多事情真的是尽力就好，千万不可一味苛求达到目的才算成功，其实成功是没有统一标准的；一个人若是因为自己过度追求而导致苦闷、焦虑、压抑，这样的人生一定是不成功的人生。

就此，记得牛顿曾这样说道："我只像一个海边玩耍的小孩子，有时很高兴地捡起了一颗光滑美丽的石子，真理的大海，还是没有发现。"其实，我们都是这个小孩子，真的没有什么值得高傲的。

一谈到工作繁忙，似乎没有人不为之无奈、为之烦恼。其实，一个人只有忙起来，才能证明自己具有才能，才能证明自己的重要性。所以，对比于轻轻松松抑或无所事事，还是忙碌一些更有意义。当然，生活再是匆忙，也需要学会经常地停一停。对此，不是有这样一句话吗？生命之路，如果走得太快，应该停一停，让灵魂跟上来。

规矩从小立，人品细节起。一个人的品行和修养，不在惊天动地的大事上体现，而在一举一动、一言一行时流露无遗。换言之，一个人有没有规矩和修养，不在于外表装扮多高贵，而在于言谈举止有内涵。

《三国演义》中蒋干盗书一节，确实值得琢磨，因为这种事即便是在当下也常有发生。比如说，有人在股市中的小聪明，有人在工作中的小想法，有人在交往中的小手段，等等。虽说很多人还通常会对上述的伎俩比较自豪，岂不知，这样的作为不仅很难有所收获，甚至到最后会成为别人的笑柄。可乐乎？可悲哉？池中之物非龙也，自我求大必摔跤。

智者千虑必有一失，愚者千虑必有一得。从这个角度来看：人，不管处于什么位置，也不论是从事什么工作，都应该兢兢业业、认认真真。任何投机取巧的做法，都会因为"投机"而给自己挖坑，最终导致自己失败。真正的务实，是将实事做到实处，并且不自我标榜。

整天想着一飞冲天的人，大都属于志大才疏之人。这样的人看似聪明实则内涵不够、学识浮浅，因此岂能成事？即便凭借一时之热血折腾几下，而最终的结局也大都比较可悲。所以，我们每个人，尤其是年轻人，鉴于所处位置与自我眼界的局限性，还是少说多做、着力实践为好，尤其是涉及重大问题，一定不能夸夸其谈、妄加评论。

实际上，将聪明说出来，是自作聪明；将聪明藏在心里并用行动做出来，才是真智慧。正所谓：人生之道在于正确认识，人性之学在于持续约束。超越了这个边界，人之个性便是陷阱，人之才华便是毒药，只会让自己丧失证明自己的机会。

对于年轻人的培养，是不能过度关心与照顾的，因为：放在温室中培养出来的人，根本经不起风浪。而要当成"顶梁柱"来培养，就应该朝着"挺得住"的方向去努力。况且当今世界，终究还是讲究公平竞争的，唯有从难事做起，进而养成不屈不挠的底气，任何困难才是过眼烟云。

其实，就人生而言，任何问题都是首先出在自己的身上，就怕自己不识危险、不懂谨慎，没有敬畏之心。所以，我们每个人，既要对他人有信心，也要对自己能自信，如此这样，才能让一切事情好办起来。

对年轻人而言，追求仕途本是一件好事，但是如果仅仅"为此一途"而削尖脑袋、急功近利，那一定会导致一种头重脚轻的局面。因为：位置越高，压力越大，挑战越多。所以，冲得太猛、上得太快，往往底蕴不够、后劲不足，最后反而会欲速不达、前功尽弃。而那些心性沉稳、根基扎实之人，则会因为后劲很足而进步稳健。

实际上，一个人的能力水平，很重要的是看他能否将自己的想法落实落地，能否实实在在地做出成绩。所以，不能拖的问题一定不能拖，需要干的事一定要干。个人的机会很大程度上需要自己把握，而把握机会的唯一办法，就是解决问题、做出成绩。

领导干部更是如此，若是能够在恶劣的环境中找到自己位置，并且还能够改变现有的生存环境，那更是能够体现出自己的能力与水平。

第四节　长风破浪会有时

"不经一番寒彻骨，怎得梅花
扑鼻香。"遵道而行，但到半途须努
力；会心不远，欲登绝顶莫辞劳。

当今世界，没有任何事情是可以轻易达成的，唯有经过艰辛的努力、艰苦的斗争，进而击败各个竞争对手，才能让自己的想法得以贯彻实施。所以，不畏挑战、坚持坚守，至关重要。

不管对待什么，若是都有使不完的干劲、累不垮的精神、干不厌的工作、折不挠的毅力，那一定会干成事、成大事，也一定会让自己的人生更加充实。

虽然我们天天把解放思想挂在嘴边，可是很多时候我们的思想根本没有解放。我们还是不自觉地为自己设定了很多思想上的限制，而思想的设限就是能力的设限，这个观念，我们通常没有搞清楚。

实际上，做事情，不论成功与失败，首先要有态度，有了态度，就会有精气神，进而遇到困难才能有信心面对、有勇气克服。若是瞻前顾后摇摆不定，思虑纠结态度模糊，怎么可能提振起自己的精气神？又怎么可能破解问题与困难？

古往今来，要想做成点事情，没有不遇到困难的，因而，也就需要我们不能因为困难就放弃做事。若是有困难就放弃做事，不仅会一事无成，还会无事生非，让自己更加困扰。所以，有困难不可怕，可怕的是我们内心的恐惧。

很多人喜欢钓鱼，其实，钓鱼最需要的是耐心。正所谓：钓技很重要，心态更重要。所以，钓多钓少，全凭个人心情；该亮招的时候亮招，该藏拙的时候藏拙，这才是真本事。

实际上，对真正的钓友来说，钓鱼哪里是为了磨炼人性，只不过是寻找一种乐趣而已。况且，能够钓上鱼儿特别是大鱼，绝对是很偶然的事儿，而正因为这种偶然，才是钓鱼的魅力所在。所以，乐趣比耐心更重要，而寻求那些偶然的可能、偶然的乐趣，虽然需要耐心也比较煎熬，但一定会有不一样的收获。

世界上，有两样东西最震撼人心：一个是寄托于一生追求的理想，一个是现实当中必须承担的责任。因为有理想，才会对未来充满希望；因为有责任，才会负重前行、义无反顾。

不论是职场还是市场，如果不去努力、不去争取，就永远不会有获得机遇的机会；如果努力了争取了却还是失败，也没有什么关系。且不说"失败是成功之母"，即便是一败再败，那也代表着自己的勇气、骨气、底气仍然存在。

实际上，对于机会的争取，不在于能否实现，而在于证明自己是否有上进心，如果连一点上进心都没有，那还真会一点机会都没有。

先定后干有利于促进发展。不管什么目标先定下去，然后去干，去拼命地干，就一定会实现。而实际上，我们实现目标的速度常常超出预期，原因就在于，我们的预期赶不上发展速度，而实干才是应对发展变化的最好方式。所以，不论对待什么事情，我们都要具有变量思维，否则便看不清世界，更是无法赶上这个世界。

世界上的事情，一切要靠自己去争取，而千万不要想着依靠别人。因为世界是公平的，人情同样是公平的。所以，在某个方面依靠了别人，就必然会从另个方面还回去。

实际上，就实力而言，首先取决于自己，然后才是互动。这句话，可以用于很多方面。

总结这个世界的所有事情，似乎只有一个道理，那就是：求人不如求己。这主要在于：只要求人，就要放低姿态，如此一来，再好的事情也会贬值，再铁的关系也会疏远。而最终导致的结果也一定只有两个：要么被人冷落而失去尊严，要么可能的机会被人抢走。除此之外，再无其他可能。

所以，干什么事情都不要想着依靠别人，而要首先自己主动去做；也唯有当自己（包括所做事情）有价值、有吸引引力的时候，别人才会帮你，并且会主动帮助你。就此，不是有这样一句话吗？"花若香，蝶自来"，其实，世间万事万物皆是如此：自身没有价值，一定没有吸引别人的可能。

有时候，人的潜力往往是在无路可走的时候才会被激发出来。因为在无路可走的时候，人们一定是灰心、丧气甚至绝望，也根本看不到自己的前途和方向，而正是处于这种极其痛苦的时候，才有可能开始意识到要放手一搏，进而孤注一掷，才有可能闯出一片天地。

人往往就是如此，一旦看到前方无路可走，任谁都会想到：把眼光放在当下，将眼前的事情做好就成；而不会再去追求那些过于长远的事情。因为追求长远不仅付出很大而且虚无缥缈，又没有多少收获。所以，平稳守成、适度保守，也就自然会成为很多人的选择方向与工作常态。

其实，不论是面对怎样的困难，也不论是处于怎样的困境，都不能隐忍太长时间，因为一旦隐忍过度、退守无措，以后想要再站起来就比较困难了。

关于奋斗之态度，有着这样一种说法：奋斗之前，强调的是天道酬勤；奋斗之后，讲究的是希言自然。其实，奋斗之前，讲究的是决心；奋斗之后，注重的是耐心。因此，这种说法无外乎说明了决心与耐心的阶段性要求，也凸显出人的心理定位有所不同。

有诗曰："权贵世袭罔替，平民轮回转世，王侯古今安在，世家宁有种乎？"显然，这首诗是对历史的一种拷问。而现今，我们生活在一个开放民主的社会，所以，这首诗可以改为：古来接替非世袭，三代之前同一家。一生功成在进取，何求身伴富贵花。

不可否认，有些人是含着金钥匙出生的，而大多数人则不是。所以，对于后者更多的要靠自己，任何事情都要靠自己，也只有自己能够自强，才会找到通向成功的阶梯。

任何支持性资源，不通过竞争而获取，就很难会有好的落实效果。唯竞争才能体现公平，唯竞争才会发现强者，唯竞争才能提升价值。所以，即便有关系有门路，也不能过于依赖，更是不能无所作为，反之，即使不会在实力面前败下阵来，也终究会在责任面前露出马脚，进而平平庸庸、一无是处。

这年头，若是怨天尤人、满腹牢骚，只会让人看轻。而一味莽撞乱为，更会让自己头破血流。其实，不论是从政还是经商，本来就是一个高智商的活儿，如果面临难局挺不住、遇到困难就弯腰，没有足够坚强的意志，缺少足够高远的境界，那只能成为炮灰抑或别人前进的垫脚石。

用人，要用有能力的人，要用有作为的人。应该说，这一导向在现今社会各个层面都显现得非常清楚。实际上，这就好比一窝狼有十个崽，最凶狠的那个肯定会脱颖而出。所以，真正有能力的人，就不必太讲究合情合理、太追求中规中矩；彼此谦让，处处当好先生，一定成不了什么气候，也更是抓不住稍纵即逝的发展机会。

职场之上，最不敢用的人就是不想进步的人。但现今某些体制就是这样，大家都有铁饭碗，有人干得再差，只要不违法犯纪，谁也抢不了他的饭碗。实际上，体制一旦成了惰性文化，损害的就不仅仅是体系之下的组织，更是包括组织当中的每个人。总归人懒惰了，组织便没有活力，而没有活力的组织，不仅圈不住有能力的人，也养不起没有能力的人。所以，这种体制必须改变。

我自狂歌空度日，飞扬跋扈为谁雄。此等狂傲之气，可惜现在越来越少见了。其实，现今时代，创新创造也好、经营生活也罢，如果不能自强自立，不能依靠自己的力量，那肯定永远都会处于弱势。而事实上，逆来顺受不如积极主动，一味低下不如拼命一搏。因而，不论干什么事情，都不能过于迷信那些看似强大的东西，只要咬咬牙、试试看，或许那柳暗花明的又一方天地，就在眼前。

有这样一种说法：没有信心等于没有能力。如此说来，遇到困难还真是不能轻言放弃，更是不能躲躲避避、推诿塞责。该挺住时必须挺住，该咬牙时务必咬牙，只要放心大胆地干，只要全力以赴地干，即便不能起步成势、善作善成，也终究能够体现出自己的品行与魄力。

当然，必要的谦虚还是应该的，总归"说话容易做事难"，况且世事难料、变数很多。所以，凡事若是能够提前有所预判，并且能够与人共享自己的思想智慧，不仅会丰富别人对自己的看法，而且会坚定别人对自己的信心。

年轻人，敢干事是一定的，若是能够在"敢"的基础上，进而能干事、会干事，这才尤为重要。而一旦具备了这些条件，发展前途一定十分广大。

实际上，作为年轻人，要想独当一面、掌控一域，一切机会都需亲自争取。比如说，人脉关系如何建立？资源优势如何获取？领导意图怎样领会？政策要求能否吃透？这一切的一切，既是考验也是必须承受的责任。只有勇于面对、想办法克服、尽可能争取，才能逐步成熟起来。这种成熟，不只是体现在处理事情层面，更多的是在个人心智上面。

　　况且，处变不惊、遇难不退、坚韧奋斗等气质，通过日常小事是练就不出来的。就此，古人尚且需要苦其心智、饿其体肤、空乏其身，而处于现今社会，更是需要经受困难与挑战才能历练出来。

第七章

此心安处是吾乡

此中有真意

人间有味是清欢

开怀一笑天下事

何妨吟啸且徐行

一枝一叶总关情

第一节　此中有真意

这里蕴含着人生的真正意义。你看那天地日月，恒静无言；青山长河，时代绵延；纵使历尽千帆，归来仍是少年。

人生，就像是一个车站，聚集了分散了；昨天，就像是一道风景，看见了模糊了；时间，就像是一个过客，记住了遗忘了；生活，就像是一个漏斗，得到了失去了；情谊，就像是一桌宴席，温热了寒凉了。

走过的岁月，总有圆满，总有残缺；曾经的欲望，总在燃烧，总在膨胀；当初的梦想，总在破灭，总在走远。为此，我们何不坦然面对生命。

咫尺天涯远？远近一念间；殊途寻同归？费心亦枉然。

基此论是非，岂能同理哉？人各行其道，心性恒难改。

人性即门户，境界如天堑；愈究愈难逾，无视天地宽。

心决定性，叫心性；性决定命，叫性命；命决定运，叫命运；运决定气，叫运气；气决定色，叫气色；色决定相，叫相貌。而相由心生，所以，心决定一切。

"无善无恶心之体，有善有恶意之动，知善知恶是良知，为善去恶是格物。"王阳明之所以被人称作为圣人，都是因为他的心学影响了世界。而其心学的核心内涵，主要体现为这样七个字：行（言出必行）、勤（勤能补拙）、知（自知之明）、底（明了底线）、心（用心不躁）、诚（诚实守信）、耐（忍耐坚持）。

其实，我们越是身处尘世之中，内心越要追求那种高尚的精神境界。即便压力再大，每个人也应该有些超然物外的心境，也应该秉持一些浪漫主义的生活态度。

比如，"无热爱，不生活"这句话便有着很多需要我们思考的内涵，也会演变出很多可以借鉴的概念，诸如：无热爱，不工作；无热爱，不从事教育，等等。实际上，不论是生活还是工作，总是需要一些奉献精神，也要有着一定的理想境界。即便挣钱不多、权力不大，只要生活态度乐观、生活习惯良好、思想意识健康，这样的生活岂不同样令人羡慕？！

每个人的人生，都有属于自己的轨迹。所以，不能以自己的思维去评价或揣度别人的选择。其实，人与人之间，既可以基于理想而走近，也会因为分歧而走远，这本是常事，自然也就不必过于计较。只要行事方正、各凭本事，便能够通过时间来说明一切。

另外，人与人之间，即便再深厚的情谊也要互相帮助才能长久，若是当面阳光普照，转身烟云密布，怎么可能成为志同道合的好友？有了快乐最想分享、有了悲伤最想诉说的那个人，往往就是心中最在意的人。人与人之间，无疑是需要真诚的。实际上，在每个人的内心深处都有一个比照尺度，因此才会出现：与有些人可以谈谈心，与有些人可以聊聊天，与有些人只能说说工作上的事情……其实，这就是差别，而造成这种差别之原因，就在于"人心，来来往往；人事，千变万化"，唯有长久沉淀，才能确定远近高低。

人与事之间，不论直接还是微妙，不论简单抑或复杂，都可以总结为这样一些辩证关系：心中老有事，不能办成事；脑中空无事，那是在混事。佛说要放下，其实对琐事；真正大格局，那都不是事。人生要走好，关键能驭事；否则成事奴，不能看开事。人人有时间，区别看装事；没有心情时，好事变坏事。人生智慧在，暂时放下事；只要稳住神，便能成大事。

我们常说做事情要用心，那么，用心之心在哪里？其实，这个心之含义，既有精力集中的一面，又有反复思考的一面。而反复思考，显然不能坚持一种思维；坚持一种思维角度，只能让人错而又错。因而，或许可以说：颠倒思维来看事，多元思考应对事，才是用心之关键。

欣赏一种事物，有着表面与内心两种感觉，而真正发自内心的欣赏，往往是由表及里、瞬间产生的。也许正是那看似不经意的一举一动、一高一低、一远一近之观察，便会瞬间感知到一种沁人心脾的味道。

说起来，这就如同一坛陈酒，即使鼻闻不到也能感觉酒香四溢，进而酒不醉人人自醉，从内心产生一种喜爱的效果。其实，事物不论大小，境界不在高低，只要在我们的眼中，能够无声成诗、立体成画，便都是发自内心的真正觉悟。

复杂的事情，不一定复杂；简单的看法，不一定简单。一件事太受关注，并非什么好事，反而是一把双刃剑。人也往往同样如此，比如说，当年的自己很向往现在的生活，而现在的自己却又怀念当年的时光。

有人说，世界上最残忍的事是错过。其实，错过并不残忍，仅仅是错过之后的不舍而已。真正残忍之事，是眼睁睁地看着自己快要达到的追求居然落空。所以，人最失意的不是得不到，而是差点得到。

人生的各种矛盾，既取决于"一念心"，又受制于"一股气"。因而，"心之理要明"至关重要，如此才能心安气顺、万事皆通。"闭"之不需，"开"之有益，其法在于心念，心念不清、心理不明必将难受。心不病，则身不病。

当一切都经过了、一切都走过了、一切都熬过了，生命的底色才会增了韧、添了柔。而这个时候平和下来的生命，可以沉静到扰不乱、稳健到摇不动、淡定到风吹不动。如此一来，才会守住初心之本、筑牢起点之基，进而行稳致远、善作善成。

有人认为，生命过程不过是：食一碗人间烟火，饮几杯人生起落；唱一曲素昧平生，舞几段素颜柔弱。所以，对于已尽的缘分，千万不要再试图去抓住它，假如它还能回到你的身边，那是前缘未了；否则，再多的努力，也只是枉然。

其实，生活的规律，就在于能否认识到损伤是承载，沉默是扩展，终结是新的开始。正所谓：知足知爱能吃亏，才是支撑生命的朴质之源，更是支撑生命行稳致远的底蕴所在。

在岁月中跋涉，每个人都有属于自己的故事。而构成个人故事之机理、源于个人故事之感受，则常常会基于人的内心方寸而有所不同。从这个角度看，对待生命之差别，不在于过程而在于感受，在于能否在感受上真正做到：欣然每一个日出，释然每一个日落，进而抖落岁月的尘埃，以一颗无尘的心还原生命的本真，以一颗感恩的心对待生活中的所有。

人性，就是这样：看似坚强的人，内心往往隐藏着脆弱；看似乐观的人，背后常常掩盖着难过。有些事不是没在意，只是不想说；有些人不是没伤害，只是不介意；有些情不是没思念，只是不表示。

基于如此的人性，人要想不必嫉妒别人、不必计较得失、不必在意差别，那就实事求是地让自己宽容起来。如此，才能坚守平常、默默耕耘，在花开花落、云卷云舒中享受生命的安然。

人生，就是一趟单程车。那些走过的、错过的，都不再回来；那些丢掉的，失去的，都不复拥有。所以，我们千万不要走得匆忙、过于浮躁，而最应该做的，是好好善待自己，珍惜今天，期待明天。

看淡心境才会秀丽，看开心情才会明媚。累时歇一歇，随清风漫舞；烦时静一静，与花草凝眸；急时缓一缓，和自己微笑。该爱的，要用心去爱；该留的，要真诚挽留；该感受的，要充分感受；该珍惜的，要好好珍惜。该记的记下，该忘的忘掉，来的欢迎，走的目送，不以物喜，不以己悲，泰然若处，冷暖自尝。总之，纵然繁华三千，看淡即是云烟；任凭烦恼无数，想开便是晴天。

人生的真味，在于一个"淡"字；人生的风度，在于一个"忘"字。人生的境界，在于一个是"知道"、一个是"知足"。

有时候真的希望在山中拥有一个小院，小院不需要太大，只要有花有草、有树有竹，置身其间漫步，能觅幽静之感，可观苍穹空旷，已足其好。若是院中能够引来一泓山泉，锄开一方菜地，并布置一些紫藤架廊为隔断，间或安置几处秀石、种植几颗丛树，入眼之处，皆能感思自然、妄想灵空，则更足其美。

尤其是，时逢酷夏而居之，感受那山中凉风习习，风吹入林漫耳过；体会那脚下溪水淙淙，水伴绿植落月影，怎一个"妙"字了得！而这又怎能不让人一时之间宠辱皆忘、烦恼皆除，只落个万事浮云、心才自在的心境。

第二节　人间有味是清欢

"雄奇于淡远之中，尤为可贵。"
人间真正有滋味的，确是平凡、平
和、平心的清淡与欢愉。

　　说起来，每个人的追求虽然不太一样，但其最终目标却是相同的，那就是都在追逐"幸福"。可是，对于幸福是什么，每个人则有着不同的概念。也正是因为对于幸福的不同理解，所以，每个人的追求方式才会不太一样。

　　其实，幸福只是一种感受罢了，是内心的满足、安于现状的知足……换句话来说，那就是：任何外在的东西，只有落到内心的感受上、填补了内心的需求之后，才会使人感受到幸福。

　　实际上，在生活矛盾当中，唯有幸福者才会让步，这是人性常态，也是生活常理。由此，我们便要明白这样一些道理：凡事未必较真，退让才是智慧；越是生活美满，越要保持低调。

　　这其实是一种平衡，更是幸福的规律，也唯有懂得这其中的奥妙，才能获得持久幸福。比如爱情，想要得到多少心心相印的幸福，就要付出多少牵肠挂肚的痛苦……

　　英雄迟暮和美人白头一样，都是世间最无可奈何的沧桑，也是人生难敌岁月侵袭的必然结果。所以，即便有再辉煌的过去，即使有再骄傲的资本，到了一定的年龄，也要淡然处之、淡定应之。总归往事不可追，过去了也就过去了。只有安于当下、不生妄念、少说枉语、从容生活，才会收获更多的幸福。

功名利禄与长寿之福，历来都是一对不可调和的对立体。世间幸福长寿之人，无不是无欲无求、散淡终日，而很少大鱼大肉就能长寿，也很少专权享利就会幸福。

一件衣服值1000元，小票能证明；一辆小车值30万元，发票能证明；一栋房子值500万元，房产证能证明；一个人到底值多少钱，唯有健康可以证明。有健康叫资产，没健康叫遗产。所以，千万不要把钱财看得比命还重，世界上所有东西都不是自己的，唯有身体才是自己的，因此要且活且珍惜。

有句话说得好：失去健康，让你赢了世界又如何？实际上，没有人会因为养生而倾家荡产，却有人因为没有健康的身体而倾家荡产。所以，生命里没有如果，只有后果和结果。唯有趁早重视自己，重视自身的健康，才能拥有一个快乐无忧的人生。

实际上，人在很多时候，确确实实会"病由心生"。因为一个人的内心，如果时刻处于焦虑和烦躁之中，那么久而久之，怒则伤肝、忧则伤肺、思则伤脾，必有疾病产生。所以，最难得的就是保持一颗平常心。虽然说来容易做来难，但也千万不要无故较劲，只要尽量保持心平气和，对健康一定是有益的。

有这样一段"钓鱼之论"：钓鱼不能急，关键在于把握时机：太早了，钩不住；太迟了，鱼儿跑了，到头来都是一场空。其实，人和鱼之间，有着"心静鱼来，心燥鱼远"的影响关系。人的心不静，鱼儿自然

不会上钩；唯有心静平和、不急不躁的时候，才会有鱼上来。

由此便可看出，感受不到的关注，才是真正的关注；体会不到的关心，才是真正的关心；看不到的危险，才是真正的危险；得不到的心态，才能真正得到……可是，大多数人还没有抓住，便表现得已经抓住；还没有得到，就渲染得已经得到。到头来，只能是来时自信满满，去时两手空空。

什么样的人，才能称之为"高人"？其实，一言一行看似平常，微微一想却又让人浮想联翩，进而让人在潜移默化中能够所思所想有所学，这样的人，才是真正的高人。形象一点来讲，有的人看似才华横溢、满腹经纶，其实不过是一堆色彩艳丽的蘑菇，外表光鲜却内含毒素；而有的人好似一坛老酒，貌似低调粗朴，而口感却醇厚细腻温润，让人回味无穷。

实际上，世上的高德之人，大都有着这样一个共同特征：既不回避坏事，也不苛求好事。在他们身上，会让人看到许多乐享其成的地方。因此，人还是要平和地面对一切为好。正所谓：自感如花实是草，品如老酒方大家；学理常在细微处，潜移默化是真法。

人生，既有生活过程，也有职业阶段。而对于职业阶段的人生，千万不能过于看重"权力"，因为这足以让人上瘾，也容易让人走向邪道。比如，有的人在大权在握的时候，常常会颐指气使；而一旦失去权力，就会感觉郁闷不适，进而看什么都不顺眼，干什么都消极懈怠。这说白了就是贪恋权位的表现。若是"才德不济却贪恋权位，推过揽功还反复无常"，那一定会逢难变节、不得善终。

其实，我们一定要发自内心意识到，权力是组织赋予的、老百姓给予的，而不是自身应该拥有的东西。因此，在位之时，就应该竭尽全力多做一些实事；去位之时，就应该彻底放下，转身去做自己的事情。也只有把这一切都看清楚，心态才会平衡，情绪才能平顺，未来生活才会平实健康。况且：仕途路漫漫，艰辛是必然；经常遇挫折，其实很难免；毕竟要做事，困难是常态；加之人不解，困惑自难防；若是犯糊涂，更是难担当。而韬光养晦耗时间，克己复礼难求进。所以，唯期行稳能致远，敞亮心境才方长。

当然，人是需要一些"个性"的。自古以来，大多数的历史人物，都是有弱点的，这其实就是个性的基本体现。可是现在，好好先生多，敢说真话、敢得罪人的少；各扫门前雪的多，敢主持正义、为民请愿的少……说起来，这不是什么正面的个性，而是自私的表现，是需要反思的问题。

有点脾气、有些性格，虽然在原则问题上会得罪一些人，但却并非错误。总归：做事情，讲策略、讲方法是对的，但是在思想与意识形态的定位上不能有问题；抓管理，懂得职场智慧和法则，进而加以运用去办事，也是对的。但是，策略再是高明、智慧再是巧妙，也不能偏离大局、偏离整体利益。大公需要无私，大道行于百代。也只有把这些内化于心、外化于行，进而在关键时刻挺身而出、担当作为，才能够被人所接受、让人可维护。

实际上，虽说人与人的交往，可以跨阶层、跨种族、跨年龄、跨国界，但绝对跨越不了一个平等对视的界限。所以，一个人想要让别人追随，不仅仅是权力在握、实力在手就一切无虞，还要具有人格魅力和让人信服的品行。因为人之所以为人，在于有感情、有信念、有自尊、想作为。也只有基于如此认知的彼此选择，进而产生志同道合的共鸣，才能形成合力，形成或跟随、或团结、或相互支持的真正情脉。

人生，主要的课题是要学会"静"。因为：静，是一个很高的境界。诸如在金庸的武侠小说中通常会发现：不论再高深的武学，只要先行出招，就会露出破绽，而对手便会针对这种弱点出手反制。这种以静制动的手段，其实在围棋中也有体现。围棋中有一个说法叫"保留"，说到底就是能布局而不去布局、能争取而不去争取，而保留着不走的目的，就是要保留变化。

机会在变化中，变化又是保留而来的，也可以说是从静止中来的。这就如同面临错综复杂、扑朔迷离的局面，这其中有多少变化？哪里才是应该坚持的方向？关键时刻沉住气、每逢大事凭静气，就显得至关重要，也是我们愈是经历愈要懂得的道理。

对待事情的判断，在很多时候，我们不能只看表面，这就好比看人不能光看外表一样。况且，外表这张皮再好，既经不起风霜的侵蚀，也经不起岁月的摧残。唯有那简约平实的生态，或许最有价值，也最能抓住我们的人心。

其实，越是容易满足，快乐的事情就会更多一些。而那些看似富有的人，却远不像普通人这样，他们脑子里面永远都是压力，肩膀上面永远都是责任。如此，自然会远离快乐，也根本无法让自己快乐起来。

人，要确确实实懂得平衡。因为"平衡"二字，才是万物之根本。比如，生活讲究平衡，营养讲究平衡；发展讲究平衡，矛盾讲究平衡；人心讲究平衡，人的财富同样讲究平衡，等等。但是，人之不同，所追求的"平衡"亦有不同。有些人之平衡，在于踏实做事、为民谋利；有些人之平衡，在于追求体面、讲究场面；还有些人之平衡，为命理通达、善于舍得……由此可见，平衡为表，心念为里，心求异态，难以平衡。由此也就说明：心无物欲，即是秋空霁海；坐有琴书，便成石室丹丘；人，至关重要的在于保持内心平静。

人，要真真正正学会"放下"。说起来，人与人的境界是无法比较的，也往往有着很大的差别。所以，也就不能强求每个人都要对生活理解得很深，尤其是在脑子装不下、心里担不起的情况下，更是没有必要逼着自己学这个、干那个。其实，许多人的一辈子只是蜻蜓点水一般活着，浮光掠影、刹那芳华，但是他们同样乐在其中、逍遥自在。

我们确实有着很多应该放下的东西，也有着很多"只要想通就能放下"的东西。其实，人情世故，世事练达，无外乎只有一个字要把握住，那便是"利"（不是利益的"利"，而是利于的"利"）；为人之道、做事之法，皆从"利"处而生。说到底，那就是很多事情皆与"利"字有关，只要能够很好地把握这个字，进而通过内心进行平衡调整。不论是自己还是他人，都能放下很多包袱、解脱很多困惑——想通便能放下，利人万事皆通，一定如此。

老子在《道德经》中的收笔之言是："圣人之道，为而不争。"这说明：人生的修行重在于行，而不在于辩；人生之哲理，就在于忍辱不辩、寡言不争。

其实，不争是最大的争。所谓的不争是不针锋相对地争，不争左而争右，不争上而争下，不争今而争明……这其中的奥妙就在于：跟别人错开，人取我予，人予我取。实际上，这种不争，体现的是一种胸怀，更是一种自信。因为争都是不自信的表现，害怕别人拿走，所以才会去争；若是对未来充满信心与追求，那一定是不争而让。正所谓：他强由他强，清风拂山岗；他横由他横，明月照大江。

人，活的就是一种心情。纵然人生如戏，但戏中导演，却是我们自己；剧情或悲或喜，其实都是取决于我们内心；我们的内心给这场如戏人生赋予怎样的灵魂，我们便具有怎样的人生过程。所以，与其把眼光聚焦于跟别人去争，倒不如想办法让自己的内心充实起来，进而给自己的人生赋予强大的灵魂。

实际上，在"圣人之道，为而不争"之前，还有"天之道，利而不害"这句话。那么，"天道"是什么？说到底就是利而不害、逆则受罚之自然规律，人们只能遵从，而不能超越抑或对抗而行。

其实，人的生存体现在人格上，一定不是与天地万物争名夺利的。而所谓"人定胜天"的真正含义，也并非字面上的意思。人，为什么要和老天一较长短？人能战胜上天？显然不太可能。人若能够战胜自己的私欲和致命的缺陷，就已经很伟大了。所以，我们每个人需要懂得，真正的天之大道在于利而不害，上善若水。基于此而形成的人生哲学，则一定是：名声，不能大于才华；职位，不能大于能力；财富，不能大于功德；地位，不能大于贡献。

人是需要有感恩之心的。而感恩之心，并不是要求有恩必报，而是一种发自内心的良善之心、平衡之心。所以，佛学常将其解释为因果报应。

确实，心若向阳，必生温暖；心若哀凄，必生悲凉。因此，生活中的我们，就应该学会换位思考，将心比心。正所谓：己所不欲，勿施于人；予人玫瑰，手有余香。只要用我们的心，去感知别人的冷暖，给别人多一点尊重，相信我们的友善，定能换回一份人心本性的馨香温婉。

人也一定要坚定自己的"未来"。对于未来，每个人都曾有过很多规划和想象，只不过在年轻的时候，很多的规划和想象都会被现实撕得粉碎，甚至会被撞得头破血流。因而，一度为之心灰意冷，一度感觉前途迷茫。其实，这都很正常，也并不是什么过不去的大事。过不去的只是自己的心境，只要改变自己的态度，开始让自己适应身处的环境，很多情况就会有所转机。

实际上，真正融入生活、懂得生活的人，大都会对未来有着一个过程上的理解，进而会不断调整甚至重新定位，而不会一味妄想、好高骛远。或许很多时候的我们，就是不应该投入太多精力去想未来的事情，而是应该把每天需要面对的事情处理好，如此才会过得充实与自在，也

能找到许多生活的乐趣。所以，与其说把握未来，倒不如着眼当下，站得稳，才能迈步；脚步实，才会行远。

　　"人，都是时间性地存在着。"所以，人生在世，并不是什么事情都可以按照自己的意图去办理，哪怕是天才级的人物，也会有着很多不如意的事情。所以，活在当下、活好当下，最为重要。

第三节　开怀一笑天下事

"最好人生是小满，花未全开月未圆。"境由心造，心即主人，心胸畅达，天地宽阔。

如果不曾拥有，永远不会体会到失去的心碎；如果不曾失去，也永远无法明白拥有的珍贵。所以，人生有时候需要沉淀，更需要能够沉淀地历练。

人生就是如此，既要有足够的时间去反思，也要有足够的阅历去成长，这样才能让自己变得更完美、更睿智，更具有成熟淡然的魅力。尤其是在我们面对问题与困难的时候，唯有不再急于否认错误，才能学到人生的重要一课。所以，为人做事就是要诚实守信、敢做敢当，"小利"不能有损"大义"。最好的生活就是以一颗纯善之心，真诚待人，务实做事。

做得多，要得少；不埋怨，常微笑；不贪心，懂知足——这才是生活之道，也是立人之本。

人生的过程，若说简单，无外乎是"头上，顶着日月；脚下，踩着泥土"；若说有所差别，也仅仅是选择生活的方式有所不同。但是，不论选择怎样的生活方式，朝阳初起，每个人都要起床劳作；夕阳西下，每个人都会回归家庭。所以，人生过程无所谓"看透"与"看不透"，也无所谓是"生活"还是"活着"，唯一要面对的是一幅自己熟悉却又经常略过的场景。

其实，人生的诸多场景，真的如同一个十分拥挤的火车站，有人要进来，有人要离开，进来的人，心里装着希冀；离开的人，怀里揣着无奈。只有那奔腾不息的列车，永远都是那么准点出发、按时抵达。

实际上，蜂拥而来也好，匆匆离开也罢，一旦人们经过出入站口，便会发现心境与世界永远都是那么矛盾，要放弃的东西未必能够放弃，想继续的事情难说就能继续——人生似乎就是一边拥有一边失去、一边选择一边放弃。只有那时聚时散的人群，会毫无表情地呈现在自己眼前：融进去，很难；跳出来，简单。这也因此只能让来来去去的人们，无奈地背着硕大的背包，拖着沉重的脚步，随着一波波人流，缓慢地经过出入站口，又悄无声息地掩埋到川流不息的车流当中。

说起来，我们很多人从小到大，都在寻求自己熟悉的场景，或者说是栖息之地。有时候是待久了的原因，有时候是改变命运的原因。这也经常会导致我们的思想出现"问题"，也经常会基于这些"问题"来改变我们的行为。

或许，我们可以对这些行为，有着这样那样的说辞，但是，似乎没有人认真考量过这样的行为，是值得还是不值得、应该还是不应该。实际上，为了高品质生活而奋斗，为了人生升华而进取，在这看似响亮的人生追求之背后，其实很多人忘记了这样一个生命逻辑：决定自己能走多远的，不仅仅是努力，更重要的是耐心。

人生过程，逝者如川。乐观者，乘舟穿行，一路赏景；悲观者，驻足岸边，徒生感叹。正所谓：天知地知，你我自知。只不过，人大都很难在这看似自知的过程中有所调整。因此，人若是能够做到处处着眼大局又不忽视细节，那便是真正成熟达观了。

人的一生，看似有两条路要走，一条是必须走的，一条是想走的。其实，只有把必须走的路走漂亮，才可以走想走的路。因此，就不能仅仅把生活之路变成一个维度，只有长度没有宽度，只有过程没有内涵。也只有一步一步地理解"生是见识，不是活着"的真正内涵，才会把"必须走的路"走漂亮，进而走好"想走的路"。

实际上，在人生的过程中，越是处于困境，越有助于检验自己的能力与境界。比如说，大凡成就大事者，不管遇到多大的困境，总能坦然面对。就算达不到"生死成败，一任自然"之境界，也能做到得之坦然、失之淡然、争其必然、顺其自然。说到底，这才是人生真谛之所在。

人生路上，多是收获了成熟却丢掉了锐气和青春。这或许只能让人莫名感叹，觉得时光无情，流逝太快。而伴随着这一无情的流逝，人若是狭隘起来，那只会愈加沉重；若是能够让自己的内心敞亮开来，那便会更加豁达。

所以，人欲保持年轻，就要始终保持敞亮的心态。实际上，敞亮于脑，定当思想开放；敞亮于心，定然诸事无困；敞亮于行，定会活力充沛。持守心态敞亮以衡之，且不说是年轻之基，那起码也会让自己少一些认知上的牵绊，多一份心胸上的洒脱，进而既有肚量也有雅量。

每个人都像行驶在人生路上的一部车，往往只是看得见起点而看不见终点。因而，或转弯或直行，或上坡或下坡，或加速或刹车，只能通过自己的判断，方向盘要紧紧掌握在自己的手里。

我们就是这样独自行驶在陌生的路上，听到的只有自己的心跳，看到的只是刹那而过的风景。虽然"趋利"是发动机，但是，唯有聚精会神地"避害"才是真正的保护罩。所以，现实生活中，如果不是真正的对手，便没有必要争个高低胜负，合理的退让并非就是认输与失败。况且前行的路还很长，对于谁都很陌生。因此，忍一忍，才能平和心态、认准方向；让一让，才会更加安全、行稳致远，根本没有必要纠结于一时的谁快谁慢。

一般来说，人的情感往往比较感性。比如，只要反感和讨厌某个地方，那么，看到这个地方的任何事情都会别扭；而一旦认可和喜欢某个地方，又立刻会对这个地方充满感情，即便对那花花草草都会感觉亲切。再比如，即便再熟悉的道路，只要心态发生了变化，感觉便会完全不一样。所以，生活中的我们，千万不要轻易反感某个人、某件事，或许忍一忍、熬一熬，慢慢渗透进去，便会得到不一样的感觉甚至情怀。

人生历程恰如行路，即便在已经走过的路上遇到各种艰难险阻，也并不妨碍我们会拥有下段路的辉煌。而拥有一份好心态，恰恰是连接这两段路的关键所在。就此，有人说："不幸福的人，总在为未来的幸福尽可能的努力；而幸福的人，却早已在当下就活出了幸福的样子。"实际上，人这一辈子，好坏只在一念之间。虽然我们没有办法掌控未知的变化，却能够把握住当下。况且，我们从不缺少幸福的时刻，唯独缺少发现幸福的眼睛。

客观地讲，好心态并不是凭空得来的，也不是大大咧咧、什么都不在乎。能够调整自己心态的人，只是那些最懂得用细节来治愈自己的人。而人对于细节的不刻意、不经意、不在意，则一定感觉不到生命的美好。反之这种美好积聚多了，自己的心态才会越来越开阔。所以，想要拥有一份乐观的心态，关键是要学会在生活的细节中寻找幸福感。

很多时候，一个人的快乐与收获，如果只是自己来享受，那这个人一定不会得到更多的快乐。相反，如果能够与人共享这份快乐，这种快乐才是真正的快乐。实际上，人与人之间最舒服的关系，主要体现为这样十六个字：久处不厌、闲谈不烦、从不懈怠、绝不敷衍。因此，就个性而言，"心平气和"远比"性格张狂"更有价值，"以和为贵"远比"独断专行"更加重要。

一个人是否能赢得他人发自内心的尊重，无非取决于两点：公平和原则，良心和道德。因为，公平和原则，可以让人信服；良心和道德，可以让人心服。

怎样才能看清自己呢？实际上，正常即健康。就此，即便中西方文化在认识上存在较大差异，但是人们的心理问题还是基本一样的。比如，对照马斯洛的"心理健康十项标准"，我们同样可以看清自己的状态。这十项标准是：

第一，有充分的安全感；第二，充分了解自己，并能对自己的能力作出恰当的估计；第三，生活的目标能切合实际；第四，与现实环境保持接触；第五，能保持人格的完整和谐；第六，具有从经验中学习的能力；第七，能保持良好的人际关系；第八，适度地发泄与控制情绪；第九，在不违背集体意志的前提下，有限度地发挥个性；第十，在不违背社会规范的情况下，基本需要能适当满足。

其实，人生就是需要：不浮不躁，不争不抢，不去计较浮华之事，不去在意卑劣之人，尤其不要让自己迷失在别人的纷言纷语之中。因为没有哪个人可以拥有人见人爱、花见花开的魅力，所以，也就没有必要因为一个人的一句话而轻易改变自己。

太在乎别人的眼光和评价，只会让自己犹豫不决，进而失去自我、失去个性、失去价值。坚持自己所选择的，相信自己所坚持的，才是属于自己的正确道路；坚持做自己，做自己认为正确的事，才会铸就独一无二的成就。

国学经典中有这样四句话，很适合我们每个人：一是大怒不怒、大喜不喜，可以养心；二是靡俗不交、恶党不入，可以立身；三是小利不争、小忿不发，可以和众；四是见善必行、闻过必改，可以储德。

人生，一定会有着许多无奈和遗憾，但正是在无奈中的坚持、在遗憾中的坚守，才能最终达到人生的圆满。因为，人生本身就是一个不断修正无奈、弥补遗憾的过程。

就此，还有这样一句话：凡事都有始终，凡事最后都会是好事；如果不是好事，那说明还没到最后。所以，我们没必要把生活定位抬得过

高，而要让一切变得简单些。喜欢就争取，得到了就珍惜，错过了就遗忘。也只有在生活过程中真正懂得"得是一种短暂，失是一种境界"，人生道路才会越走越宽。

实际上，人生起点无法对照，也根本没有对照的价值。不同的人有不同的天分，不同的人有不同的能力。基于此，唯有做自己该做的事情、走自己该走的道路，进而让生命的每一天都尽力向上一点，才能沉淀经验、丰富自我、提升成长能力。另外，人生没有预演，此时不努力，何时再重来？所以，只要想去改变，就应该从现在开始，而不要拖到明天。

第四节　何妨吟啸且徐行

"世上只有一种英雄主义，就是在认清生活真相之后依然热爱生活。"磨砺是为了遇见更好的自己。

宠辱不惊，闲看庭前花开花落；去留无意，漫随天外云卷云舒。这是人之至高境界。可是，宠辱不惊，谁能真正做到？去留无意，谁能如此潇洒？显然对大多数人而言，是很难做到的。宠辱不惊，或许还能多多少少地从表现上遮掩一下；而对于去留之选择，则一定会"去留无所适，岐路独迷津"，很少有人能决然以对、自信而行。

所以，还是那句老话：听人劝，吃饱饭。在人生面对难以选择的时候，不妨多听听他人的意见，进而再决定自己脚下的步伐，如此才能兼听则明、行稳致远。正如曾国藩所言："先静之，再思之，五六分把握即做之。"是的，任何需要决定的事情，愈是复杂愈不能马上就办，暂时放置与放过自己，同样是一种决定。也只有基于"定而后能静，静而后能安，安而后能虑，虑而后能得"的反复推敲，才能去决定、真运作。

细节决定成败，对大局的领悟，决定的则是未来。所以，对于任何事情的把握，既要坚持运用专业精神去关注细节，也要运用系统思维去考量大局。只有合其二者而沉淀，才能坚守本心而不屈不挠，才会淡定从容地应对困境，才有行稳致远的可能。

能成大事者，无外乎具有这样一些品质：在困境中能够不折不挠，在复杂局势下能够始终保持清醒，在重大打击下能够永不放弃希望。概括起来讲，那就是：善于运用顺境思维来应对逆境。当然，这个"顺境思维"并不是顺其自然就能形成的,而是需要不断学思践悟,并且要基于此去坚持、围绕此去坚守,才有可能塑造出这样的思维习惯。

人人都想风光,岂不知"无限风光在险峰"。因而,站得越高,脚下的悬崖就越深,同时还得承受"高处不胜寒"的凄凉。所以,欲求风光,先要坚强,更需要能够承受诸多的无奈与孤单。如果对此没有准备抑或不屑一顾,那么即便投机取巧地爬上险峰,也会无心欣赏风光之美,而只会胆战心惊地盯着脚下。

老生常谈的一句话是:要做官,先做人。其实,不论是处于怎样的职场,也不论是担当怎样的职务,最为重要的都是围绕人来开展工作。因为任何集体或组织,说到底都是由人组成的,这也就决定了每个人每天所要面对的还是要具体到个人。人事通,事事皆通。只有人事畅通,在做事情时,才不会有阻力。当然,也正是由于这个原因,让"做官先做人"这个看似浅显的道理变得复杂起来,进而让许多人都过不了关。

领导与下属的关系,看似是一种领导与被领导的关系,实则由于人性定位不太一样,因而让这本应简单的工作关系变得复杂起来。比如,从两个极端角度来看:什么样的下属最不受领导喜欢?当然是自作聪明、自以为是的下属;什么样的领导最让下属头疼?自然是太强势、太武断的领导。这显然与人之个性有着直接关系。

实际上,人之个性看似是属于自己的东西,实则因为"个性十足"

会影响工作、影响他人。所以，人之个性通常会成为组织考核的重要标准。比如说，对于年轻干部的考察，着重是看其能否"沉稳"。这主要在于年轻人有冲劲不算什么，能够沉稳却很不容易。因此，才有"性格决定命运"一说。

在职场中拼搏，其实最讲究的是心理素质，心理素质上的一点点差距，有时候需要付出行动上的百倍努力才能弥补。因而，对待任何看似不太公平的事情，千万不要轻易愤言如何"不服"。其实，言之"不服"愈多，愈加会让自己陷入不能自拔的困境。而是应该回过头来找找自己的问题，也唯有发自内心地懂得了"付出必须超前，收益往往滞后"的道理，心理素质才会由低走高，进而走上"以其无私，故能成其私"的境地。

职场之上，每个人因为竞争关系而都有着属于自己的"小算盘"，因此，要想从中找到一个志同道合而且能够畅所欲言的人，很难。

有人说："人就是这样，一旦得意了，准记不得曾经的领导与朋友；一朝失落了，准不会忘记曾经的领导与朋友。"是的，私心者，定然如此；公心者，既不会忘记，也不会被忘记。只有那些不会被忘记之人，才是真正可以结交的朋友。

工作中，"好人主义"其实是一种纵容，更是一种掩耳盗铃式的逃避。其危害性就在于，要么对于身边的不良风气以及矛盾与问题，大多三缄其口；要么听而不闻、视而不见，甚至同流合污。另外，"好人主义"看似属于个人现象，实际上其形成的根源，主要是盘根错节的关系网、剪不断理还乱的利益链，并且越是在基层，这张网、这根链的覆盖面就越大。

　　有一句话叫：脾气再好也是领导。所以，千万不要指望领导者对什么都会事无巨细地说个明白。领导者不过是一种责任的化身而已，决不能只从权力的角度去猜度领导者的心理与行动。

　　但是，也往往因为如此，干群之间的误解与矛盾便会出现，甚至有些误解与矛盾很难通过理解与沟通加以解决。所以，就领导者而言，有些事，需忍，勿怒；有些人，需让，勿究。正所谓：水深不语，人稳不言；懂得退让，方显大气；知道包容，才会大度。

　　很多人，看似位置上升到了一定高度，其实他们特别不喜欢变化。尤其是有些人，不仅会把自己的当下看成是人生的终点站，而且还会将当下的位置变成自己的舞台，进而去耕耘、去经营、去把持、去布局。似乎不管谁当主角上台，都不能改变他们存在的事实。

　　其实，这些人之所以如此，不在于他们不喜欢变化，而在于他们十分在意那上下皆熟的生活环境，抑或是享受那游刃有余的权威位置。因为有权力，这种个性之影响会改变气候；因为有空间，这种个性之作用会形成体系。因而，这些人也就难免不会被他人所诟病。实际上，大凡属于国家事业的一分子，无外乎都是一个打工者，哪有属于自己的东西。即便是花费很大精力创出业绩，也仅仅是应该履行的责任与义务，并不能与自己的利益挂钩，更不能产生"我的领域我说了算"的想法。

有人说，岗位交流大都很有压力，也需要一定的适应时间。其实，初到一个部门、初干一个岗位，感到工作有些阻力、困难，都是在情理之中的。更不要说破困局、克难题、做大事，没有压力是不可能的。但是，只要自己能够保持一种乐观心态，看到的永远都是美好的未来。

有时，前进的理由只有一个，而后退的理由却有一百个。因而，整天寻找一百个理由来"说明"自己不是懦夫，倒不如用一个理由去"证明"自己是一个勇士。而这就是差别，是成功与否的重要差别。

现今时代，变化因素极其繁杂，未识之事、难识之题到处都是，不论是生活常态还是工作业态，无时无刻不体现一个"变"字。而基于这样一种现实状态，就必然要求我们在任何时候都要充分自信，唯有自信才能抗击压力，唯有自信才能凝聚力量，唯有自信才能坚持到底。

另外，我们需要知道自信之表现方式是有弹性的，既可以自信以攻，也可以自信以待。有时候，以忍耐抑或坚韧的状态去等待，进而做到进退有据、左右权衡，反而能够寻得攻坚克难之机遇。

把工作做好，努力追求进步，这经常是我们常讲常说的奋斗逻辑。可是当有一天，如果真正地静一静，再出去走一走、看一看，我们会突然发现有些看似简单的问题并非那么简单，而会变得比较难解。比如，什么是进步？难道只是往上走、提拔快就是进步？怎样才算做好工作？难道仅仅让领导满意、单位收益、完成任务、不出问题就是做好？等等。

其实，之所以会出现这种反差，就在于我们并非带着责任、带着压力、带着趋势来思考自己。如此一来，"我"的意识便会单纯，"我"的格局便会局限，"我"的境界便会降低，进而会让自己在心胸、气度、修养、底蕴等方面失去自信。

我们只有远离工作乃至生活的圈子，进而身上的责任轻了，面对的压力小了；也只有让自己变得内敛沉默的时候，我们才会清晰地感觉到：从容，会改变我们对很多事情的看法，包括我们一度坚持的观点乃至生活的态度。

现实中，我们好像整天忙得不可开交，而一旦忙起来，就好像工作变成了一切，自己的家人、朋友乃至生活都被忽略了。甚至很多时候，我们完全就是小马拉大车，太过在意自己的工作了。如何妥善处理好家庭和工作的关系，并且能够把个人理想、追求和工作很好结合起来呢？就是两个字：从容。正是因为从容，应对一切才会显得波澜不惊、游刃有余，而且不论在心胸与气度还是在修养与底蕴上，都会显示出高于常人的水平。

工作中结交的情意，往往是因工作而生、因工作而系，也会因为工作而出现问题。比如说，工作当中有了成绩，那自然一切都不是问题；而一旦遇到了困难，那便处处是问题，最终会因为理念不同、沟通不畅而导致情意破裂。

可以说，这种情况极其普遍，也常常让我们很是纠结、很难接受。但是，工作当中交往的情意就是如此，有时厚似坚石，有时薄似纸张，也没

有什么好的应对办法。如果说有，那只有一条，就是：越是困难，越要踏踏实实地干工作。即便有争议，也要坚持到底，最终让事实来证明自己。

有人说，不抱怨，不计较，不生气，不执迷，懂得感恩，上述五种习惯，是心态好之人的习惯。其实，拥有其中一种，已是高人。

正所谓：大道至简，领悟为要。其实，干什么事情都不能脱离自身实际。在此基础上，也只有比别人多思考一些，比过去多改变一些，比当下多进步一些，才能挖掘出许多看不到的方面，进而以一种新的方式来形成倍增的力量。

第五节　一枝一叶总关情

岁月本长，而忙者自促；天地本宽，而鄙者自隘；风花雪月本闲，而扰攘者自冗；纵览繁华三千树，一枝一叶总关情。

有人说，人生就是如此，在人海中不期而遇，又在人海中错失彼此。所以，从哪里开始，就会从哪里失去。应该说，这种认识是基于生活沉淀的结果，也一定是基于人生感悟的收获。

其实，人与人之间，没有存在的距离，只有心理的距离。总归现代通讯十分发达，如果心中有念，即使相处天涯也容易一线连通、关怀无碍。而如果心中无念，即使彼此就在眼前，也如茫茫人海视而不见。所以，不期而遇，心动乎？错失彼此，怀念乎？这才是问题的关键。

有人说："人老享福，主要是享儿孙的福。儿孙有出息、有名堂，整个家庭都会得到尊重。"应该说，这话说得虽然比较朴实、十分现实，但却说出了生活至理。因为人情交往，总是掺杂了很多世俗因素，也无时无刻不在应和这样一句话：老人的面子都得靠儿女挣。所以，老人健在，就要常回家看看，这不仅是对老人的一种情分表达，还对老人是一种家族兴旺的心理满足。

有人说，夫妻之间，男人就是风筝，风大的时候，女人应该适当放放线，让他飞得高一些，即使飞得再高，那条线也始终牵在女人手中。但如果拉得过紧，风筝就会掉下来。其实，这种形容还是有点狭隘，仅仅是基于情感矛盾的一种维护方式而已。男人是什么？男人一定不是风筝，而是一股飘荡的风，只有博大的胸怀才能留住风的脚步。所以，夫妻之间应当适度退让、相互包容，创造出感情的维系空间，进而才会收到更多的意外惊喜。

有人说，夫妻二人必定一人强势一人弱势，根本不可能二人完全平等。此话甚是！因为这就跟开公司一样，双方各占百分之五十的股份，谁都没有绝对控股权，这样的公司难逃失败的命运。家庭生活也是锤炼人的。女人，愈加趋向于家庭之主的地位；男人，越加趋向于不动如松的境界。

事实上，夫妻之间还真的应该像公司那样，常沟通、常协调、常就有关问题进行协商。若是能够在不断地磨合中，找到一个优势互补、和谐运作的模式，显然会让家庭生活充满温馨。

夫妻之间，往往会因为某些事情而争争吵吵。只不过，从多数情况来看，这种争吵看似如同吵架一般，其实也不算是真正的吵架。倒像是对人生命题的辩论，而每一次辩论都会以一方的退让而告终。但是不管怎么样，争吵之后的平静，似乎对彼此都有触动，也正是基于这种反反复复的触动，使夫妻在经营家庭、教育子女等诸多方面，都会在潜移默化中有所改变。

这种现象其实很有意思。说起来，家庭当中确实没有什么过不去的矛盾，都是零零碎碎的小事，但就是会经常摩擦，也难免发生碰撞。因何如此？婚姻的难处就在于：都是和对方的优点谈恋爱，却要和对方的缺点生活在一起。所以，也就很难不产生矛盾。

实际上，每个人都有自己追求的标准，但是不一定非要按照这个标准去选择爱情与婚姻，也不一定非要按照这个标准去选择工作与生活。很多时候，我们不一定非要刻意追求完美，只要局部得以实现就应该可以满足。毕竟太完美的东西不是用来共度人生的，只是用来向往而已。为爱而爱，是神；为被爱而爱，才是人。

家庭问题是一个很大的问题，虽然不能说家庭问题就是社会问题，但是在某些方面，家庭问题更甚于社会问题。比如，许多父母看似在以爱的名义管教自己的子女，实则隐藏许多自己的想法在里面。所以，他们表面上是为儿女好，实则不过是将儿女当成自己的影子去对待、去考量、去安排。然而，儿孙自有儿孙福，怎么可能会被别人安排好人生之路？如果什么都安排好了，人生还有什么意义可言？

一个人，不论职务多高、学问多大，都会有七情六欲，也通常会被自己的喜好左右判断、影响决定。而一个人所经历的成长环境，也决定了这个人性格中的许多方面，以后即便有所改变，也会存留许多根深蒂固的东西。

所以，人与人不能要求一样，也一定会不太一样。有的人，即便让人看得顺眼，也不过是一时之表现；有的人，即使被人所不喜，也只是短时看法所导致。况且，一花独放不是春，百花齐放春满园。所以，让他人不类似于自己，才是高境界；让他人能够找到自己的存在感，才会更有意义。

有一句话叫：智商再高也抵不过性格优势。应该说，这句话是很有道理的。那么，什么才是真正的性格优势呢？主要体现为这样三个方面：

一是开放的胸怀。起心动念多问问，不妨脸皮厚一些。胸怀开放，说到底就是放低身段、不耻下问、突破狭隘、多长见识，进而敢于否定自己而不是害怕。二是强大的判断力。因为我们处于比较复杂的生活环境，所以不能用做考卷的方式去面对生活。人可以追求简单，但不能思维简单，没有世事洞明的思维能力，想简单都无法简单。三是捍卫目标的意志力。只有阶段性地树立小目标，才能持续拥有追求的动力，所以，面对对的能否坚持不懈，针对错的能否及时转向，考验的不是一时一事，而是越是正确越是坚定追求的长久执行力。

有人说，馈赠有三种境界：雪中送炭、锦上添花、恰得其反。其实，这三种境界，一是救急之礼，二是投好之礼，三是鞭策之礼。救急之礼，很容易让人感恩，投好之礼很容易忘记，鞭策之礼很容易让人记恨。但是，也只有鞭策之礼才能激发人的内在动力，进而让人鼓起勇气、改变命运。

生活不是一味追求安逸、一味贪恋奢华，而是要面对衣食住行的琐碎小事。可以说，构成生活哲学的关键要素，无外乎是人之需求的满足程度。所以，懂得满足，便会幸福。

但也不能否定，复杂的人际关系，加之不讲规矩只讲人情的社会风气，让很多事情变得比较复杂，也让人的思想变得极其现实。可是，过于精明、喜欢钻营，最终会得到什么？无外乎是个人的奢望越来越大，而失去的却是应有的本心。所以，想要改变那些不容易改变的习惯，就不要养成那些习惯。什么事情都是做减法容易、做加法复杂，离开自己的基本需求而追求得过多，定然会让生活充满矛盾。

从另外一个角度来看，衣食住行，是构成人之生活的基本要素；而如果在生活之前加上"品质"二字，不仅会让衣食住行出现细分性变化，而且必须添加医疗与教育两个要素。

比如说，衣，由"用"走向了"美"；食，由"饱"走向了"精"；住，由"有"走向了"舒"；行，由"慢"走向了"快"；医疗，由治病走向了养生；教育，由上学走向了素质提升。

不无客观地讲，影响老百姓生活质量的，无外乎是：教育改革产业化所带来的高收费问题，医疗体制商业化所带来的高价格问题，房地产业商品化所带来的高投入问题。如上三种如泰山压顶一般，不仅压得很多家庭气喘吁吁，甚至压倒了诸多家庭的美好希望。

所以，教育改革的公平性问题、医疗改革的公益性问题，以及"房子是用来住的，不是用来炒的"问题，不仅仅是政策底线，更重要的是影响民生福祉的底线，只有真真正正地兜住这些底线，才能从根本上解决好民安民富问题。

寒夜客来茶当酒。茶既可以会友，又可以论道。老子在《道德经》中说："人法地，地法天，天法道，道法自然。"其实，茶道也是如此，而绝不仅仅是喝茶那么简单。就此，有人认为，茶并不仅仅是一种饮品，而是人与人、心与心之间交流的一个重要媒介；也有人认为，茶道是一种通过喝茶修心的道；还有人认为，品茶之道，需要一个静字，没有这个静字，何来心境去品茶？

其实，从大的层面来讲，茶道是一种文化的传承和融合，而茶则是这种文化传承、融合的载体，是具体茶事的实践过程，也是茶人自我完善、自我认识的过程。而从日常生活来看，人与人在交流时，要想短时间内达到知心的程度，可不是一件容易的事情。但是，主客之间通过点茶、敬茶、喝茶等动作，则可以借此交流彼此的感知和心情。所以，茶之大，可称为"茶禅一道"；茶其小，可叫作"品味相投"。

虽然茶道可雅俗共赏，但是不同地位、不同信仰、不同文化层次的人，对于茶道则有着不同的追求。比如说，有权势的人讲"茶之珍"，意在炫耀权势，夸示富贵，附庸风雅；文人讲"茶之韵"，意在托物寄怀，激扬文字，交朋结友；佛家讲"茶之德"，意在去困提神，参禅悟道，见性成佛；道家讲"茶之功"，意在品茗养生，保生尽年，羽化成仙；普通百姓讲"茶之味"，意在去腥除腻，涤烦解渴，享受人生。

但是，不论有着怎样的追求，品茶人通过品饮而悟道，这种过程才称作茶道。简单地讲，品饮者对茶的觉悟，称作茶道。因为品茶的人不同，所以对茶的觉悟也不同。但是有一点是相同的，那就是品茶觉悟的过程，即对文化的传承、融合、认知的过程。

就此，有这样一首关于"茶"的诗词："不羡黄金罍，不羡白玉杯。不羡朝入省，不羡暮入台。千羡万羡西江水，曾向竟陵城下来。"又有诗云："坐酌泠泠水，看煎瑟瑟尘。无由持一皿，寄与爱茶人。"

是啊，人生如茶，关键在于茶有茶品，人有人品。对于我们来说，何尝不是既要铸品，又要会品。